U0840298

断想集

史铁生散文新编

史铁生 著

人民文学出版社

图书在版编目（CIP）数据

断想集/史铁生著. —北京：人民文学出版社，2019
（史铁生散文新编）
ISBN 978-7-02-015089-2

Ⅰ.①断… Ⅱ.①史… Ⅲ.①散文集—中国—当代 Ⅳ.①I267

中国版本图书馆CIP数据核字（2019）第041972号

责任编辑 杜 丽
装帧设计 刘 静
责任校对 韩志慧 王筱盈
责任印制 徐 冉

出版发行 人民文学出版社
社 址 北京市朝内大街166号
邮政编码 100705
网 址 http://www.rw-cn.com

印 刷 三河市延风印装有限公司
经 销 全国新华书店等

字 数 86千字
开 本 787毫米×1092毫米 1/32
印 张 6.25 插页1
印 数 1—10000
版 次 2019年6月北京第1版
印 次 2019年6月第1次印刷

书 号 978-7-02-015089-2
定 价 46.00元

目　录

“忘了”与“别忘了”

一

一家残疾人刊物的编辑在向我约稿的时候，我正忙着别的事，忙得不亦乐乎，便有推辞之意。编辑怅然道：“别忘了你也是残疾人。”话说得不算十分客气，但我想这话还是对的。虽然这不说明我不该忙些别的事，可我确实应该别忘了我是个残疾人。

二

我曾在一篇小说中写过这么一件事：

一个少女与一个瘸腿的男青年恋爱。少女偶然说到一只名叫“点子”的鸽子，说这名字有点儿让人以为它是个瘸子，男青年听了想起自己，情绪坏了。少女发现了便惊惶地道歉：“我忘了，你能原谅我吗？真的，我忘了。”于是男青年心底荡起渴望已久的幸福感。不是因为她的道歉，而是因为她忘了，忘了他是个残疾人。

三

上音乐厅去听听音乐或去体育馆看看球赛，想必都是极惬意的事，但对于残疾人却是好梦。音乐厅和体育馆门前都是高高的台阶没有坡道，设计体育馆的人曾经把我们忘了一回，之后，音乐厅的设计者又把我们忘了一回。时至今日，那么多新建的大型公共场所以及住宅楼还是绝大多数都把我们忘了。这样我们自己就难忘，偶尔要忘，那些全如珠穆朗玛峰一般险峻的台阶便来提醒，于是我们便呼吁过而且还要呼吁：建筑设计师们可别忘了我们，别忘了我们是残疾人，我们上不去珠穆朗玛峰和台阶。

四

有一回我写的小说受到表彰，前辈们在表彰这篇小说的时候特别提到了它的作者是一名残疾人，于是台下的掌声也便不同凡响。当时我心里既感激大家对我的关怀和鼓励，又不免有一缕阴云来笼罩：到底是那小说确凿值得表彰呢？还是单因为它出自一个残疾人之笔下才有了表彰的理由？至少是这两条不能再动的腿，在那表彰的理由中占了一定的比例吧？这时，我的心头只有一句话萦绕不去：忘了我的腿吧，忘了我是个残疾人吧。又有一次我的小说遭了批判，老实说，我颇以为批判得无理。正当我愤愤然之际，有朋友来为我打抱不平了。我自然很高兴。不料这朋友却说："我跟他们（指批判者）说了你的情况，你放心吧，没事了。"什么情况？腿，残疾。本来可能还有什么事呢？为什么就又没事了呢？（顺便说一句，我仍以那朋友为朋友，但他那一刻无疑是犯了糊涂。）我如坠入五里雾中，心头又是那句话来回翻滚：忘了这腿吧，忘了我是个残疾人行不行？

五

有一个人，叫王素玲。她自学外语且水平相当高，她双腿残疾且残得相当重，她曾经找不到工作，便以教孩子们学外语为乐，结果证明她教学的水平也相当高。她真想当一名教师，可是学校不要她，因为校方忘不了她是个残疾人。后经各有关方面百般呼吁和努力，她终于当上了教师。可是有很长一段时间，她是吃力地架着双拐站着讲课的。四十五分钟又四十五分钟，她真累，她为什么不坐下来讲呢？因为校方说老师必须要站着讲课，否则就别当老师。这时候校方显然又忘了她是个残疾人。

六

有一个人，叫顾阿根，是一个公司的头头，是一个残疾人。我见过他，见他在冬日的寒风中瘸着腿为公司的事务四处奔走，蹬起自行车来也如飞。脸上的汗和脸上的笑都正常到使人相信：他那时一定把自己是个残疾人给忘了。最近他正在筹建一个“残疾人用具用品专卖店”。他还准备购置两辆三轮摩托车，为不能出门和无力提拿重物的残疾顾客送货到家。他说该店的宗旨是：“让千百万残疾人得到与健康人同等的购物机会，让千百万残疾人能够买到他们所需的特殊用品，让千百万残疾人得到社会大家庭一员应有的温暖，让千百万残疾人的家属解除后顾之忧。”他说，这几年他和他的公司都有了一些钱，他在赚钱之初便一直是为着实现这一心愿。他说他忘不了残疾人，忘不了自己也是个残疾人，忘不了残疾人生活得艰难。

七

也有这样的残疾人，怕别人注意到自己的残疾，甚至到了不愿意上街不愿意离家去工作的地步；由怕便容易转为怒，当人家完全没有恶意地说到“瘫”“瘸”“瞎”等字眼的时候，他也怒不可遏甚至有同人家拼命的意思；由怒再进一步就变为累月积年日趋暴烈的愤恨，觉得天地人都太不公正，都对不起他，万事万物都是没有良心的坏种。您也许会想，他一定是希望别人把他的残疾忘掉吧？但事情有时出乎您的意料：当他一旦做出一点儿成绩来，却又愿意别人注意到他的残疾，甚至自愿把那残疾渲染得更重些，仿佛那倒成了资本，越多越好。

听说还有这样的人，自恃身有残疾，便敢于在大街上闯红灯，说起警察拿他没辙来，竟似颇觉荣耀。

八

最后我们来看一出小戏。

人物：男 A，男 B。

时间：二十世纪八十年代中的任意一天。

地点：反正不是渺无人烟或地广人疏之处。

幕启时，二人已闲聊半天了。

男 A："嘿，对了，我想起一件事。"

男 B："什么？"

男 A："你认识的人中，还有没有未婚的大龄男青年？"

男 B："干吗？"

男 A："有好几个人托我给留心着点儿。现在未婚的大龄女青年可真是不少。"

男 B 想了一会儿，说："没有，没有了。"

两个人都叹一回，然后继续闲聊。

幕落。

您一定觉得这戏乏味。现在让我再把这二人详细介绍一下：男 A，四十岁，已婚，与男 B 是老熟人；男 B，三十三岁，未婚，是个残疾人但肯定不是弱智。就是说，男 B 正是一个未婚大龄男青年，只是有残疾。这戏就不那么枯燥了，有可思考之处了：男 A 把男 B 忘了。男 B 也把男 B 忘了。不过，男 A 真把男 B 忘了吗？显然没有，所以他才把男 B 除外了。男 B 真的把自己忘了吗？这是最重要的问题。

九

综上八节而观之，到底是“忘了”好呢还是“别忘了”好？看来这问题不是用非此即彼的逻辑可以寻出答案的。我想读者诸君会同意这样的结论：该忘的时候忘了好，不该忘的时候还是别忘。那么，什么时候该忘什么时候不该忘呢？这却很难具体回答。世事之复杂，非以上八节所述可以概括，但我想，只要人道主义得以弘扬并蔚成风气，人们就会自然而然地在该忘时忘，在不该忘时不忘了。

譬如第三节中提到的那些台阶，倘所有的设计师都能想到，残疾人也要参加到社会生活中来，也要有自立的骄傲和平等于人的自豪，也要有听听音乐看看球赛的雅兴和逛逛商店或公园的闲情，那么他们必会想到修一条坡道，而且会发现这并不比把观光缆车的钢索架到泰山去更麻烦。

譬如第五节中提到的校方，倘其知道大凡一个人是要吃饭的，也是要从工作中实现人之价值的；倘其知道像王素玲这样的人可以靠自学走上讲台，本身就是对孩子们的一个多么好的教育；倘其知道若为她预备一把椅子，这本身就会在孩子们心中埋下多么美好的种子，那么我相信，校方会抢着要她来教书了，并把破除那条残酷的规矩视为一种光荣。

十

那么，人道主义是否仅仅意味着救死扶伤，从而仅仅意味着别人来理解和帮助我们残疾人呢？显然不。人道主义的最美妙之处在于这样的倡导：一切人，不管其肉体和社会职能有什么不同，他们的精神（或说灵魂）都是平等的，因而他们生于斯世，所应享有的权利和所应尽到的义务也便是平等的。（当然，有被选举权的人不都能当上总统，而同是尽了义务的，其社会或经济效益也不可能一般大——这是另外的问题。）

现在让我们看看自己有什么毛病吧。

譬如第七节中提到的那种人，我们只好说：悲夫！他竟不知残疾本身从来不是耻辱，也永远不可能成为光荣。如果用不幸的残疾去换取某种特权，如果像个永远长不大的孩子那样总需依仗父母的娇惯，那么，当人们送来了特权也送来了嘲讽，送来了迁就也送来了轻蔑，我们就没理由反对这种搭配了，因为是我们自己先把自己摆在了低于常人的位置上，摆在了深渊里。

譬如第四节中提到的那个史铁生，他是否过于敏感了呢？人们提到他是个残疾人难道有悖事实吗？大家多给他一点儿鼓励的掌声，难道不是人情之常么？假如确有那么一缕阴云的话，也是他敏感的产物。试想这敏感若多起来，谁跟他说话能不提心吊胆百般戒备呢？这样下去哪还有平等可言呢？“呜呼！灭六国者，六国也，非秦也。族秦者，秦也，非天下也。”有时候，使我们处于不平等之地位上的，是我们自己，非他人也。所以现在的这个史铁生想，还是第六节中提到的那个顾阿根更懂得，什么时候该忘什么时候该不忘。

再来说说那出小戏。男 A 把男 B 忘了，我们只想到了“遗憾”二字。男 B 也把男 B 忘了，我们便想到阿 Q 画押时唯恐不能画得圆。不过我相信男 B 并没有真忘了自己，只不过心向往之而不敢为罢了，于是渐渐把自己推向了麻木。所以我想，“忘我”未必都是好事，有时竟是生命的衰竭和绝望。不争者的不幸，一方面可怜，一方面可怒。这小戏是个象征：人道主义不仅意味着我们该有人的权利，还意味着我们必须理直气壮地去争取，倘自己先就胆怯，则天上掉大饼的机会微乎其微。

总之，我们既然要求的是平等，既然不甘为鬼也不想成神，事情其实就很简单了：让我们的肉体不妨继续带着残疾，但要让我们的精神像健康人一样与世界相处。

1987 年

康复本义断想

让不能行动的人重新可以行动，使不能工作的人重新能够工作，为丧失谋生能力的人提供生存保障，这无疑是非常重要的。但是，若仅此而已便只能算作修理和饲养，不能算作康复。（就像把一辆破汽车、一台坏机床修理好，就像在笼中养肥一只鸟儿。）康复的意思是指：使那些不幸残疾了的人失而复得做人的全部权利、价值、意义和欢乐，不单是为了他们能够生存能够生产。

人来到这个世界上，不是为了完成一连串的生物过程，而是为了追寻一系列的精神实现；不是为了当一部好机器，而是为了创造幸福也享有幸福，倘有人说他不渴望幸福，方便的话我们可以给他一点儿教训，为了他竟敢说谎竟敢亵渎全人类的方向。（至于对幸福的不同理解，至于在通往幸福的路上必然散布着痛苦，那是另外的问题。）

正因为行动、工作和生存保障，可能提供给我们创造幸福并享有幸福的机会，它才是重要的，才可算作康复的步骤之一。但是，是不是一个能够行动、工作和生存的人，就一定能够如醉如痴地成为一个幸福的创造者和享有者呢？要回答这个问题，只需记起一件事就够了：一个身体健全且衣食住行都不愁的人，也可能自杀。

我曾在另一篇文章中谈到过自杀，我以为那是人类的一种光荣品质，是人与其他动物的一个分界。只有人会自杀，因为只有人才不满足于单纯的生物性和机器性，只有人才把怎样活着看得比活着本身更要紧，只有人在顽固地追问并要求着生存的意义，因而只有人创造出了灿烂的文明和壮丽的生活，于是人幸运地没有沦落到去街头随了锣声钻火圈。我不知道这值不值得人类骄傲，但我相信我们要以一个人的资格活下去就必得保持这种骄傲，所以我们的康复工作万万不能轻视了这种骄傲。

如果我们终于承认了残疾人也是人，如果我们终于相信了人不是为活着而活着的动物，也不是为了生产而配置的机器——如果这样的前提已经确立，而我们要是还说："残疾人的就业问题尚且没有完全解决，哪还顾得上其他（譬如说残疾人的爱情问题）呢？"那么，要想证明我们的思维能力还是健全的，就只好把上述前提光明磊落地推翻。

上述前提当然不容推翻。应该推翻的，是对康复工作的某些简陋的理解，是无意之中仍然轻蔑了残疾人的人权的某些逻辑。譬如说，没有爱情的生活对于健全人来说是不人道的，那么同样的生活对于残疾人来说就应该是可以将就的吗？"平等"二字忽然到哪儿去了？

也许我们应该先来认真想想什么是人道主义了，虽然这四个字现在已经不太陌生。我们对它习惯的理解大约来源于这样一句话："救死扶伤，实行革命的人道主义。"但是我们现在更想知道的是：我们从濒死中活了过来，我们的伤病已然治愈或已然固定为一种残疾，在这之后，人道主义对我们还有什么见教或效用？如果再没有了，便难免会得出一个骇人听闻的结论：没病没伤且衣食饱暖的活人，是无需人道主义的。也许现在倒是轮到我们来拯救人道主义了：人道主义不仅应该关怀人的肉体，最主要的是得关怀人的灵魂。把一个要死的人救活，把一个人的伤病治好，却听凭它的灵魂被捆缚被冷冻被晾干，这能算是人道吗？一面称赞着他们的身残志不残，一面漠视着他们爱的权利，这能算是人道吗？当一切健全人都赞美着爱的神圣，讴歌“生命诚可贵，爱情价更高”之时，我们却偏偏对残疾人说：“你们的就业等等问题尚且艰难，怎么有时间来考虑你们的爱情问题呢？”这应该算是人道还是应该算作歧视？

有一种观点认为：人不能活着又怎么去爱呢？所以他们主张爱情问题当然要放在就业等等问题之后。但是还有一种观点认为：人不能去爱又怎么能活呢？看来，这绝不是先有鸡还是先有蛋式的争议，这乃是对于生命意义的不同理解。

限于篇幅先不去论谁是谁非，然而我们有理由相信，一个懂得爱并且可以爱的人，自会不屈不挠地活着并且满怀激情地创造更美的生活；一个懂得爱却不能去爱的人，多半是活不下去的；而一个既不懂得爱也得不到爱的人，即便可以活下去，但是活得像个什么却不一定。

人道主义指引下的康复事业，是要使残疾人活成人而不是活成其他，是要使他们热爱生命迷恋生活，而不是在盼死的心境下去苦熬岁月。所以我以为爱情问题至少是与就业问题同等重要的。生与爱原本是一码事。如果偏要问先迈左腿还是先迈右腿的话，回答是：没了这条腿你休想迈动那条腿——你残疾了你就知道了。况且渴望前行的不是腿，而是人，人之不存，腿之焉附？

我有时候担心，我们费力救活的人，会不会是（或者将会不会是）一个不愿活下去的人？我们隆而重之送去的轮椅，会不会倒为一个孤苦难耐的人提供了寻死的方便？如果爱情对于残疾人来说总是可望而不可即的，总是望而生羡生畏生惭生叹的事，如果他们总是被告知：爱情不是你们生活之必需，而是可有可无的奢侈品，——那么上述担心绝不是多余的。

自杀并不一定就是软弱，常常倒是一种坚定的抗议，是鲜活可爱的心向生命要求意义的无可奈何的惨烈方式。要是我们说“不自由毋宁死”，大概谁都会赞同，但是不能爱者恰似奴隶的身份。要是我们说“人活着不能没有理想”，大概没有谁会反对，可是爱情正是理想之一种，甚或是一切美好理想之动因。没有人无缘无故地想死，一个为得不到爱情权利而死的人，至少不比无缘无故地活着更值得嘲笑。照理说上帝是公正的，他应该在给每一个人生命的同时也给每一个人爱情的权利，要是上帝也有错误也有疏忽，让我们原谅他并以康复工作来帮他纠正和弥补吧。

所幸，使一个人愿意活着比使一个人活着，重要得多，也有效得多。（正像有人说过的那样：是不断地给一个人输血呢？还是设法恢复他自身的造血功能？）美好的爱情可以使人愿意活、渴望活，并焕发出千百倍创造生活的力量。还能说这是不如就业重要的事么？

生命的意义当然不只是爱情，但爱情无疑是生命的最美好的意义之一。倘此言不错的话，现在该说说具体事了：为了一切残疾人都可能享有美好的爱情，康复工作应该给他们什么帮助？也许有人会提醒我们注意："健全人也未必都能享有美好的爱情。"但我想这是另外一个问题，我们必须要求一切人都有机会站到起跑线上来。大概又会有人说了："这太容易了，没人不让残疾人站到爱情的起跑线上来。"这让我想起一位康复工作者的话，他说："让残疾人与健全人站到同一条起跑线上，这本身就不平等。为了平等，残疾人必须要得到一些特殊的帮助。"这话对极了。

譬如说，为性功能有缺憾的残疾人，提供性科学咨询和性工具，这事使得使不得？

爱情不等于性，性也不等于爱情，但是世所公认：美好的爱情必须要有美满的性生活，而美满的性生活，当然必得是出于爱情。至少，在我们梦寐以求着美好爱情的时候，我们得有机会商量商量这个不可低估的性问题。

一对真诚相爱的男女，如果因为性方面的缺憾而难成眷属或终至离异，实在是太大的悲剧。其悲尤其在于，我们不见得没有办法使其得到弥补，只因为我们一直没来得及想想办法，或者因为我们稀里糊涂地有着一张薄脸皮。幸亏多少人多少代的痛苦终于在今天化作清醒，确认此事与脸皮无关，悲剧多半还是出于毫无道理的旧观念，还是因为对人道主义的理解太浮浅。

性生活是美好的还是丑恶的？是丑恶的为什么大家都不放弃？是美好的，为什么一谈及便把一些人羞杀、把另一些人气死？为什么残疾人的婚姻问题已受到一定程度的重视，而性康复工作却羞羞答答地迟迟不能开展？（出了一些有关书籍，也总是吞吞吐吐像在撒谎，躲躲闪闪像在造着一个谣言。）莫非残疾人结婚单是为了找一个帮工的和壮胆的，并无获得婚姻的全面幸福的必要？为什么可以为肢残者提供拐杖和轮椅，却不能为性功能缺憾者提供性工具、性咨询，以及其他有助于性生活美满的方法？

如果认为这些事是淫秽的、是低级的、是流氓，那可真是天大的误会。淫秽和低级不是因为涉及了性器官，而是因为这种涉及既非为着科学也不是出于爱情。流氓的特征也不在于发生了性行为，而在于他们以强迫和欺骗侮辱了别人并且也亵渎了性。倘一谈及性便想到淫秽和流氓，我们的出处可真惨到头了。流氓不是性知识造就的，倒常常是因为缺乏性知识，缺乏对爱与性的理解，缺乏人道主义精神，甚至可能因为他们自己就生活在不够人道的境遇中。（譬如得不到异性的爱，以至于过度的性饥渴使他们忽然不能自制。）

总之，在爱情的引导下，无论多么丰富多彩的性行为都是正当的、美妙的、高尚的。为挚爱的夫妻提供任何利于性生活美满的指导和器具，都应该是必要的、人道的和理直气壮的。

有性功能缺憾的残疾人，仍然有性要求和享受性欢乐的能力，这已为医学专家们所证明。如果性咨询和性器具有利于他们弥补缺憾，从而使其爱情更全面地实现，我们不赶紧做起来还等什么？

在我们做着上述呼吁的同时，我们当然应该懂得，性生活的美满主要不是技术问题，而差不多是个艺术问题，就是说，那不能单是肉体的接洽，必须是精神的结合，是心灵的贴近与奉献。没有真诚的爱，温暖的肉体也可变成冰冷的机器。而在倾心的爱慕之下，满怀的激情便会驱动起美妙的想象力，使残损的肉体也变得丰盈，使人造的器具也有了生命，一个平素拘谨的人也可能忽然有了艺术灵感，创造出无穷的令人销魂的形式。那时，就连上帝也要惭愧，也要感谢我们原谅了他的过错和弥补了他的疏忽。

最后我想我们还应该冷静。在我们热烈追求爱情的幸福之时，在我们绝不放弃我们应有的权利之时，残疾的朋友们，我们还得冷静。如果我们的残疾导致我们爱情的破裂（这是可能的，不仅仅因为性，还因为许多其他缘故），我们这些从死神近旁溜达过来的人，想必应该有了不太小气的准备：我们何苦不再全力地做些事，以期后世残疾者以及全人类不要像我们这样活得艰难？

1989 年

好运设计

要是今生遗憾太多，在背运的当儿，尤其在背运之后情绪渐渐平静了或麻木了，你独自待一会儿，抽支烟，不妨想一想来世。你不妨随心所欲地设想一下（甚至是设计一下）自己的来世。你不妨试试。在背运的时候，至少我觉得这不失为一剂良药——先可以安神，而后又可以振奋，就像输惯了的赌徒把屡屡的败绩置于脑后，输光了裤子也还是对下一局存着饱满的好奇和必赢的冲动。这没有什么不好。这有什么不好吗？无非是说迷信，好吧，你就迷信它一回。无非是说这不科学，行，况且对于走运和背运的事实，科学本来无能为力。无非说这是空想，这是自欺，这是做梦，没用。那么希望有用吗？希望是不是必得在被证明了是可以达到的之后才能成立？当然，这些差不多都是废话，背了运的时候哪想得起来这么多废话？背了运的时候只是想走运有多么好，要是能走运有多好。到底会有多好呢？想想吧，想想没什么坏处，干吗不想一想呢？我就常常这样去想，我常常浪费很多时间去做这样的蠢事。

我想，倘有来世，我先要占住几项先天的优越：聪明、漂亮和一副好身体。命运从一开始就不公平，人一生下来就有走运的和不走运的。譬如说一个人很笨，这该怨他自己吗？然而由此所导致的一切后果却完全要由他自己负责——他可能因此在兄弟姐妹之中是最不被父母喜爱的一个，他可能因此常受教师的斥责和同学们的嘲笑，他于是便更加自卑、更加委顿，饱受了轻蔑终也不知这事到底该怨谁。再譬如说，一个人生来就丑，相当丑，再怎么想办法去美容都无济于事，这难道是他的错误是他的罪过？不是，好，不是。那为什么就该他难得姑娘们的喜欢呢？因而婚事就变得格外困难，一旦有个漂亮姑娘爱上他却又赢得多少人的惊诧和不解，终于有了孩子，不要说别人就连他自己都希望孩子千万别长得像他自己。为什么就该他是这样呢？为什么就该他常遭取笑，常遭哭笑不得的外号，或者常遭怜悯，常遭好心人小心翼翼地对待呢？再说身体，有的人生来就肩宽腿长潇洒英俊（或者婀娜妩媚娉娉婷婷），生来就有一身好筋骨，跑得也快跳得也高，气力足耐力又好，精力旺盛，而且很少生病，可有的人却与此相反生来就样样都不如人。对于身体，我的体会尤甚。譬如写文章，有的人写一整天都不觉得累，可我连续写上三四个钟头眼前就要发黑。譬如和朋友们一起去野游，满心欢喜妙想联翩地到了地方，大家的热情正高雅趣正浓，可我已经累得只剩了让大家扫兴的份儿了。所以我真希望来世能有一副好身体。今生就不去想它了，只盼下辈子能够谨慎投胎，有健壮优美如卡尔·刘易斯一般的身材和体质，有潇洒漂亮如周恩来一般的相貌和风度，有聪明智慧如阿尔伯特·爱因斯坦一般的大脑和灵感。

既然是梦想不妨就让它完美些罢。何必连梦想也那么拘谨那么谦虚呢？我便如醉如痴并且极端自私自利地梦想下去。

降生在什么地方也是件相当重要的事。二十年前插队的时候，我在偏远闭塞的陕北乡下，见过不少健康漂亮尤其聪慧超群的少年。当时我就想他们要是生在一个恰当的地方他们必都会大有作为，无论他们做什么他们都必定成就非凡。但在那穷乡僻壤，吃饱肚子尚且是一件颇为荣耀的成绩，哪还有余力去奢想什么文化呢？所以他们没有机会上学，自然也没有书读，看不到报纸电视甚至很少看得到电影，他们完全不知道外面的世界是什么样子，便只可能遵循了祖祖辈辈的老路，日出而作日入而息，春种秋收夏忙冬闲，日复一日年复一年。光阴如常地流逝，然后他们长大了，娶妻生子成家立业，才华逐步耗尽变作纯朴而无梦想的汉子。然后，可以料到，他们也将如他们的父辈一样地老去，唯单调的岁月在他们身上留下注定的痕迹。而人为什么要活这一回呢？却仍未在他们苍老的心里成为问题。然后，他们恐惧着、祈祷着、惊慌着听命于死亡随意安排。再然后呢？再然后倘若那地方没有变化，他们的儿女们必定还是这样地长大、老去、磨钝了梦想，一代代去完成同样的过程。或许这倒是福气？或许他们比我少着梦想所以也比我少着痛苦？他们会不会也设想过自己的来世呢？没有梦想或梦想如此微薄的他们又是如何设想自己的来世呢？我不知道。我不知道。我只希望我的来世不要是他们这样，千万不要是这样。

那么降生在哪儿好呢？是不是生在大城市，生在个贵府名门就肯定好呢？父亲是政绩斐然的总统，要不是个家藏万贯的大亨，再不就是位声名赫赫的学者，或者父母都是不同寻常的人物，你从小就在一个备受宠爱备受恭维的环境中长大，呈现在你面前的是无忧无虑的现实，绚烂辉煌的前景，左右逢源的机遇，一帆风顺的坦途……不过这样是不是就好呢？一般来说这样的境遇也是一种残疾，也是一种牢笼。这样的境遇经常造就着蠢材，不蠢的概率很小，有所作为的比例很低，而且大凡有点儿水平的姑娘都不肯高攀这样的人；固然他们之中也有智能超群的天才，也有过大有作为的人物，也出过明心见性的悟者，但毕竟概率很小比例很低。这就有相当大的风险，下辈子务必慎重从事，不可疏忽大意不可掉以轻心，今生多舛来生再受不住是个蠢材了。

生在穷乡僻壤，有孤陋寡闻之虞，不好；生在贵府名门，又有骄狂愚妄之险，也不好。

生在一个介于此二者之间的位置上怎么样？嗯，可能不错。

既知晓人类文明的丰富璀璨，又懂得生命路途的坎坷艰难，这样的位置怎么样？嗯，不错。

既了解达官显贵奢华而危惧的生活，又体会平民百姓清贫而深情的岁月，这位置如何？嗯！不错，好！

既有博览群书并入学府深造的机缘，又有浪迹天涯独自在社会上闯荡的经历；既能在关键时刻得良师指点如有神助，又时时事事都要靠自己努力奋斗绝非平步青云；既饱尝过人情友爱的美好，又深知了世态炎凉的正常，故而能如罗曼·罗兰所说："看清了这个世界，而后爱它。"——这样的位置可好？好。确实不错。好虽好，不过这样的位置在哪儿呢？

在下辈子。在来世。只要是好，咱可以设计。咱不慌不忙仔仔细细地设计一下吧。我看没理由不这样设计一下。甭灰心，也甭沮丧，真与假的说道不属于梦想和希望的范畴，还是随心所欲地来一回“好运设计”吧。

你最好生在一个普通知识分子的家庭。

也就是说，你父亲是知识分子但千万不要是那种炙手可热过于风云的知识分子，否则，“贵府名门”式的危险和不幸仍可能落在你头上：你将可能没有一个健全、质朴的童年，你将可能没有一群浪漫无猜的伙伴，你将会错过唯一可能享受到纯粹的友情、感受到圣洁的忧伤的机会，而那才是童年，才是真正的童年。一个人长大了若不能怀恋自己童年的痴拙，若不能默然长思或仍耿耿于怀孩提时光的往事，当是莫大的缺憾，对于我们的“好运设计”，则是个后患无穷的错误。你应该有一大群来自不同家庭的男孩儿和女孩儿做你的朋友，你跟他们一块儿认真地吵架并且翻脸，然后一块儿哭着和好如初。把你的秘密告诉他们，把他们告诉给你的秘密对任何人也不说，你们订一个暗号，这暗号一经发出你们一个个无论正在干什么也得从家里溜出来，密谋一桩令大人们哭笑不得的事件。当你父母不在家的时候，随便找个理由把你的好朋友都叫来—— 比如说为了你的生日或为了离你的生日还差一个多月，你们痛痛快快随心所欲地折腾一天，折腾饿了就把冰箱里能吃的东西都吃光，然后继续载歌载舞地庆祝，直到不小心把你父亲的一件贵重艺术品摔成分文不值，你们的汗水于是被冻僵了一会儿，但这是个机会是你为朋友们献身的时刻，你脸色煞白但拍拍胸脯说这怕什么这没啥了不起，随后把朋友们都送走，你独自胆战心惊地策划一篇谎言（要是你家没有猫，你记住：邻居家不一定都没有猫）。你还可以跟你的朋友们一起去冒险，到一个据说最可怕的地方，比如离家很远的一片野地、一幢空屋、一座孤岛、孤岛上废弃的古刹、古刹四周阴森零落的荒冢……都是可供选择的地方，你从自己家的抽屉里而不要从别人家的抽屉里拿点儿钱，以备不时之需；你们瞒过父母，必要的话还得瞒过姐姐或弟弟；你们可以不带那些女孩子去，但如果她们执意要跟着也就别无选择，然后出发，义无反顾。把你的新帽子扯破了新鞋弄丢了一只这没关系，把膝盖碰出了血把白衬衫上洒了一瓶紫药水这没关系，作业忘记做了还在书包里装了两只活蛤蟆一只死乌鸦这都毫无关系，你母亲不会怪你，因为当晚霞越来越淡继而夜色越来越浓的时候，你父亲也沉不住气了，他正要动身去报案，你们突然都回来了，累得一塌糊涂但毕竟完整无缺地回来了，你母亲庆幸还庆幸不过来呢还会再存什么别的奢望吗？“他们回来啦，他们回来啦！”仿佛全世界都和平解放了，一群群平素威严的父亲都乖乖地跑出来迎接你们，同样多的一群母亲此刻转忧为喜光顾得摩挲你们的脸蛋和亲吻你们的脑门儿：“你们这是上哪儿去了呀，哎哟天哪，你们还知道回来吗！”你就大模大样地躺在沙发上呼吃唤喝，“累死了，哎呀真是累死了！”你就这样，没问题，再讲点儿莫须有的惊险故事既吓唬他们也陶醉自己，你就得这样。只要这样，一切帽子、裤子、鞋、作业和书包、活蛤蟆以及死乌鸦，就都微不足道了。（等你长到我这样的年龄时，你再告诉他们那些惊险的故事都是你为了逃避挨揍而获得的灵感，那时你年老的父母肯定不会再补揍你一顿，而仍可能摩挲你的脸甚至吻你的脑门儿了。）但重要的是，这次冒险你无论如何得安全地回来——就像所有的戏剧还没打算结束时所需要的那样，否则接下去的好运就无法展开了。不错，你童年应该是这样的，就应该按照这样的思路去设计，一个幸运者的童年就得是这样。我的纸写不下了，待实施的时候应该比这更丰富多彩。比如你还可颇具分寸地惹一点儿小祸，一个幸运的孩子理应惹过一点儿小祸，而且理应遇到过一些困难，遇到过一两个骗子、一两个坏人、一两个蠢货和一两个不会发愁而很会说话的人。一个幸运的孩子应该有点儿野性。当然你的父亲是个地地道道的知识分子，因为一个幸运的人必须从小受到文化的熏陶，野到什么份上都不必忧虑但要有机会使你崇尚知识，之所以把你父亲设计为知识分子，全部的理由就在于此。

你的母亲也要有知识，但不要像你父亲那样关心书胜过关心你。也不要像某些愚蠢的知识妇女，料想自己功名难就，便把一腔希望全赌在了儿女身上，生了个女孩就盼她将来是个居里夫人，养了个男娃就以为是养了个小贝多芬。这样的母亲千万别落到咱头上，你不听她的话你觉得对不起她，你听了她的话你会发现她对不起你。她把你像幅名画似的挂在墙上后退三步眯起眼睛来观赏你，把你像颗话梅似的含在嘴里颠来倒去地品味你。你呢？站在那儿吱吱嘎嘎地折磨一把挺好的小提琴，长大了一想起小提琴就发抖，要不就是没日没夜地背单词背化学方程式，长大了不是傻瓜就是暴徒。你的母亲当然不是这样。有知识不是有文凭，你的母亲可以没有文凭。有知识不是被知识霸占，你的母亲不是知识的奴隶。有知识不能只是有对物的知识，而是得有对人的了悟。一个幸运者的母亲必然是一个幸运的母亲，一个明智的母亲，一个天才的母亲，她自打当了母亲她就得了灵感，她教育你的方法不是来自于教育学，而是来自她对一切生灵乃至天地万物由衷的爱，由衷的颤栗与祈祷，由衷的镇定和激情。在你幼小的时候她只是带着你走，走在家里，走在街上，走到市场，走到郊外，她难得给你什么命令，从不有目的地给你一个方向。走啊走啊你就会爱她，走啊走啊你就会爱她所爱的这个世界。等你长大了，她就放你到你想要去的地方。她深信你会爱这个世界，至于其他她不管，至于其他那是你的自由你自己负责。她只有一个愿望，就是你能常常回来，你能有时候回来一下。

在你两三岁的时候你就光是玩，成天就玩，别着急背诵《唐诗三百首》和弄通百位数以内的加减法，去玩一把没有钥匙的锁和一把没有锁的钥匙，去玩撒尿和泥，然后用不着洗手再去玩你爷爷的胡子。到你四五岁的时候你还是玩，但玩得要高明一点儿了，在你母亲的皮鞋上钻几个洞看看会有什么效果，往你父亲录音机里撒把沙子听听声音会不会更奇妙。上小学的时候，我看你门门功课都得上三四分就够了，剩下的时间去做些别的事，以便让你父母有机会给人家赔几块玻璃。一上中学尤其一上高中，所有的熟人几乎都不认识你了，都得对你刮目相看：你在数学比赛上得奖，在物理比赛上得奖，在作文比赛上得奖，在外语比赛上你没得奖但事后发现那不过是教师的一个误判。但这都并不重要，这些奖啊奖啊奖啊并不足以构成你的好运，你的好运是说你其实并没花太多时间在功课上。你爱好广泛，多能多才，奇想迭出，别人说你不务正业你大不以为然，凡兴趣所至仍神魂聚注若癫若狂。

你热爱音乐，古典的交响乐，现代的摇滚乐，温文尔雅的歌剧清唱剧，粗犷豪放的民谣村歌，乃至悠婉凄长的叫卖，孤零萧瑟的风声，温馨闲适的节日的音讯，你都听得心醉神迷，听得怆然而沉寂，听出激越和威壮，听到玄缈与空冥，你真幸运，生存之神秘注入你的心中使你永不安规守矩。

你喜欢美术，喜欢画作，喜欢雕塑，喜欢异彩纷呈的烧陶，喜欢古朴稚拙的剪纸，喜欢在渺无人迹的原野上独行，在水阔天空的大海里驾舟，在山林荒莽中跋涉，看大漠孤烟，看长河落日，看鸥鸟纵情翱飞，看老象坦然赴死，你从色彩感受生命，由造型体味空间，在线条上嗅出时光的流动，在连接天地的方位发现生灵的呼喊。你是个幸运的人因为你真幸运，你于是匍匐在自然造化的脚下，奉上你的敬畏与感恩之心吧，同时上苍赐予你不屈不尽的创造情怀。

你幸运得简直令人嫉妒，因为体育也是你的擅长。九秒九一，懂吗？两小时五分五十九秒，懂吗？就是说，从一百米到马拉松不管多长的距离没有人能跑得过你；两米四五，八米九一，知道这是什么意思吗？就是说没人比你跳得高也没人比你跳得远；突破二十三米、八十米、一百米，就是说，铅球也好铁饼也好标枪也好，在投掷比赛中仍然没有你的对手。当然这还不够，好运气哪有个够呢？差不多所有的体育项目你都行：游泳、滑雪、溜冰、踢足球、打篮球，乃至击剑、马术、射击，乃至铁人三项……你样样都玩得精彩、洒脱、漂亮。你跑起来浑身的肌肤像波浪一样滚动，像旗帜一般飘展；你跳起来仿佛土地也有了弹性，空中也有着依托，你披波戏水，屈伸舒卷，鬼没神出；在冰原雪野，你翻转腾挪，如风驰电掣；生命在你那儿是一个节日，是一个庆典，是一场狂欢……那已不再是体育了，你把体育变得不仅仅是体育了，幸运的人，那是舞蹈，那是人间最自然最坦诚的舞蹈，那是艺术，是上帝选中的最朴实最辉煌的艺术形式。这时连你在内，连你的肉体你的心神，都是艺术了，你这个幸运的人，世界上最幸运的人，偏偏是你被上帝选作了美的化身。

接下来你到了恋爱的季节。你十八岁了，或者十九或者二十岁了。这时你正在一所名牌大学里读书，读一个最令人仰慕的系最令人敬畏的专业，你读得出色，各种奖啊奖啊又闹着找你。现在你的身高已经是一米八八，你的喉结开始突起，嘴唇上开始有了黑色但还柔软的胡须，就是在这时候你的嗓音开始变得浑厚迷人，就是在这时候你的百米成绩开始突破十秒，你的动静坐卧举手投足都流溢着男子汉的光彩……总之，由于我们已经设计过的诸项优点或者说优势，明显地追逐你的和不露声色地爱慕着你的姑娘们已是成群结队，你经常在教室里看见她们异样的目光，在食堂里听出她们对你嘁嘁嚓嚓的议论，在晚会上她们为你的歌声所倾倒，在运动会上她们被你的身姿所激动而忘情地欢呼雀跃，但你一向只是拒绝，拒绝，婉言而真诚地拒绝，善意而巧妙地逃避，弄得那些自命不凡的姑娘们委屈地流泪。但是有一天，你在运动场上正放松地慢跑，你忽然看见一个陌生的姑娘也在慢跑，她的健美一点儿不亚于你，她修长的双腿和矫捷的步伐一点儿不亚于你，生命对她的宠爱、青春对她的慷慨这些绝不亚于你，而她似乎根本没有发现你，她顾自跑着目不斜视，仿佛除了她和她的美丽这世界上并不存在其他东西，甚至连她和她的美丽她也不曾留意，只是任其随意流淌，任其自然地涌荡。而你却被她的美丽和自信震慑了，被她的优雅和茁壮惊呆了，你被她的倏然降临搞得心神恍惚手足无措。（我们同样可以为她也做一个“好运设计”，她是上帝的一个完美的作品，为了一个幸运的男人这世界上显然该有一个完美的女人，当然反过来也是一样。）于是你不跑了，伏在跑道边的栏杆上忘记了一切，光是看她。她跑得那么轻柔，那么从容，那么飘逸，那么灿烂。你很想冲她微笑一下向她表示一点儿敬意，但她并不给你这样的机会，她跑了一圈又一圈却从来没有注意到你，然后她走了。简单极了，就是说她跑完了该走了，就走了。就是说她走了，走了很久而你还站在原地。就是说操场上空空旷旷只剩了你一个人，你头一回感到了惆怅和孤单——她不知道你是谁，你也不知道她从哪儿来。但你把她记在了心里。但幸运之神依然和你在一起。此后你又在图书馆里见到过她，你费尽心机总算弄清了她在哪个系。此后你又在游泳池里见到过她，你拐弯抹角从别人那儿获悉了她的名字。此后你又在滑冰场上见到过她，你在她周围不露声色地卖弄你的千般技巧万种本事，终于引起了她的注意。此后你又在朋友家里和她一起吃过一次午饭（你和你的朋友为此蓄谋已久），这下你们到底算认识了，你们谈了很多，谈得融洽而且热烈。此后不是你去找她，就是她来找你，春夏秋冬春夏秋冬，不是她来找你就是你去找她，春夏秋冬……总之，总而言之，你们终成眷属。你是一个幸运的人——至少我们的“好运设计”是这样说的——所以你万事如意。

也许你已经注意到了，我们的“好运设计”至此显得有些潦草了。是的。不过绝不是我们无能把它搞得更细致、更完善、更浪漫、更迷人，而是我忽然有了一点儿疑虑，感到了一点儿困惑，有一道淡淡的阴影出现了并正在向我们靠近，但愿我们能够摆脱它，能够把它消解掉。

阴影最初是这样露头的：你能在一场如此称心、如此顺利、如此圆满的爱情和婚姻中饱尝幸福吗？也就是说，没有挫折，没有坎坷，没有望眼欲穿的企盼，没有撕心裂肺的煎熬，没有痛不欲生的痴癫与疯狂，没有万死不悔的追求与等待，当成功到来之时你会有感慨万端的喜悦吗？在成功到来之后还会不会有刻骨铭心的幸福？或者，这喜悦能到什么程度？这幸福能被珍惜多久？会不会因为顺利而冲淡其魅力？会不会因为圆满而阻塞了渴望，而限制了想象，而丧失了激情，从而在以后漫长的岁月中是遵从了一套经济规律、一种生理程序、一个物理时间，心路却已荒芜，然后是腻烦，然后靠流言蜚语排遣这腻烦，继而是麻木，继而用插科打诨加剧这麻木——会不会？会不会是这样？地球如此方便如此称心地把月亮搂进了自己的怀中，没有了阴晴圆缺，没有了潮汐涨落，没有了距离便没有了路程，没有了斥力也就没有了引力，那是什么呢？很明白，那是死亡。当然一切都在走向那里，当然那是一切的归宿，宇宙在走向热寂。但此刻宇宙正在旋转，正在飞驰，正在高歌狂舞，正借助了星汉迢迢，借助了光阴漫漫，享受着它的路途，享受着坍塌后不死的沉吟，享受着爆炸后辉煌的咏叹，享受着追寻与等待，这才是幸运，这才是真正的幸运，恰恰死亡之前这波澜壮阔的挥洒，这精彩纷呈的燃烧才是幸运者得天独厚的机会。你是一个幸运者，这一点你要牢记。所以你不能学那凡夫俗子的梦想，我们也不能满意这晴空朗日水静风平的设计。所谓好运，所谓幸福，显然不是一种客观的程序，而完全是心灵的感受，是强烈的幸福感罢了。幸福感，对了。没有痛苦和磨难你就不能强烈地感受到幸福，对了。那只是舒适只是平庸，不是好运不是幸福，这下对了。

现在来看看，得怎样调整一下我们的“设计”，才能甩掉那不祥的阴影，才能远远离开它。也许我们不得不给你加设一点儿小小的困难，不太大的坎坷和挫折，甚至是一些必要的痛苦和磨难，为了你的幸福不致贬值我们要这样做，当然，会很注意分寸。

仍以爱情为例。我们想是不是可以这样：一开始，让你未来的岳父岳母对你们恋爱持反对态度，他们不大看得上你，包括你未来的大舅子、小姨子、大舅子的夫人和小姨子的男朋友等等一干人马都看不上你。岳父说要是这样他宁可去死。岳母说要是这样她情愿少活。大舅子于是奉命去找了你们单位的领导说你破坏了一个美满的家庭。小姨子流着泪劝她的姐姐三思再三思，爹有心脏病娘有高血压。岳父便说他死不瞑目。岳母说她死后做鬼也不饶过你们。你是个幸运的人你真没看错那个姑娘，她对你一往情深始终不渝，她说与其这样不如她先于他们去死，但在死前她有必要提个问题：“请问他哪点儿不好呢？”不仅这姑娘的父母无言以对，就连咱们也无以作答，按照已有的设计，你好像没有哪点儿不好，你简直无懈可击，那两个老人倘不是疯子不是傻瓜不是心理变态，他们为什么会反对你成为他们的女婿呢？故对此得做一点儿修改，你不能再是一个完人，你得至少有一个弱点，甚至是一种很要紧的缺欠，一种大凡岳父母都难以接受的缺欠。然后你在爱情的鼓舞下，在那对蛮横老人颇合逻辑的蔑视的刺激下，痛下决心破釜沉舟发愤图强历尽艰辛终于大功告成终于光彩照人终于震撼了那对老人，令他们感动令他们愧悔于是心悦诚服地承认了你这个女婿，使你热泪盈眶欣喜若狂忽然发现天也是格外的蓝地球也是出奇的圆柔情似水佳期如梦幸福地久天长……是不是得这样呢？得这样。大概是得这样。

什么样的缺欠呢？你看给你设计什么样的缺欠比较适合？

笨？不不，这不行，笨很可能是一件终生的不幸，几乎不是努力可以根本克服的，此一点应坚决予以排除。

丑呢？不，丑也不行，丑也是无可挽回的局面，弄不好还会殃及后代，不行，这肯定不行。

无知呢？行不行？不，这比笨还不如，绝对的（或相当严重的）无知与白痴没有什么区别；而相对的无知又不是一项缺欠，我们每个人都是这样。

你总得做一点儿让步嘛。譬如说木讷一点儿，古板一点儿行吗？缺乏点儿活力，缺乏点儿朝气，缺乏点儿个性，缺乏点儿好奇心，譬如说这样，行吗？噢，你居然还在问“行吗”，再糟糕不过！接下来你会发现你还缺乏勇气，缺乏同情，缺乏感觉，遇事永远不会激动，美好不能使其赞叹，丑恶也不令其憎恶，你既不懂得感动也不懂得愤怒，你不怎么会哭又不大会笑，这怎么能行？你还是活的吗？你还能爱吗？你还会为了爱而痛苦而幸福吗？不行。

那么狡猾一点儿可以吗？狡猾，唉，其实人们都多多少少地有那么一点儿狡猾，这虽不是优点但也不必算作缺点，凡要在这世界上生存下去的种类，有点儿狡猾也是在所难免。不过有一点需要明确：若是存心算计别人、不惜坑害别人的狡猾可不行，那样的人我怕大半没什么好下场。那样的人同样也不会懂得爱（他可能了解性，但他不懂得爱，他可能很容易猎获性器的快感，但他很难体验性爱的陶醉，因为他依靠的不是美的创造而仅仅是对美的赚取），况且这样的人一般来说都没有什么真正的才华和魅力，否则也无需选用了狡猾。不行。无论从哪个角度想，狡猾都不行。

要不，有一点儿病？噢老天爷，千万可别，您饶了我吧，无论如何帮帮忙，下辈子万万不能再有病了，绝对不能。咱们辛辛苦苦弄这个“好运设计”因为什么您知道不？是的您应该知道，那就请您再别提病，一个字也别提。

只是有一点儿小病呢？小病也不行，发烧感冒拉肚子？不不，这没用，有点儿小病不构成对什么人的威胁，也不能如我们所期望的那样最终使你的幸福加倍，有也是白有。但绝不是说你没病则已，有就有它一种大病，不不！绝没有这个意思；你必须要明白，在任何有期徒刑（注意：有期）和有一种大病之间，要是你非得做出选择不可的话，你要选择前者，前者！对对，没有商量的余地。

要是你得了一种大病，别急，听我说完，得了一种足以使你日后的幸福升值的大病，而这病后来好了，这怎么样？唔，这倒值得考虑。你在病榻上躺了好几年，看见任何一个健康的人你都羡慕，你想你是他们中间的任何一个你都知足，然后你的病好了，完好如初，这怎么样？说下去。你本来已经绝望了，你想即便不死未来的日子也是无比黯淡，你想与其这样倒不如死了痛快，就在这时你的病情突然有了转机。说下去。在那些绝望的白天和黑夜，你祷告许愿，你赌咒发誓，只要这病还能好，再有什么苦你都不会觉得苦再有什么难你都不会觉得难，默默无闻呀，一贫如洗呀，这都有什么关系呢？你将爱生活，爱这个世界，爱这个世界上所有的人……这时，就在这时奇迹发生了，一个奇迹使你完全恢复了健康，你又是那么精力旺盛健步如飞了。这样好不好？好极了，再往下说。你本来想只要还能走就行，可你现在又能以九秒九一的速度飞跑了；你本来想只要再能跳就好了，可你现在又可以跳过两米四五了；你本来想只要还能独立生活就够了，可现在你的用武之地又跟地球一样大了；你本来想只要还能算个人不至于把谁吓跑就谢天谢地了，可现在喜欢你的好姑娘又是数不胜数铺天盖地而来了。往下说呀，别含糊，说下去。当然你痴心不改——这不是错误，大劫大难之后人不该失去锐气，不该失去热度，你镇定了但仍在燃烧，你平稳了却更加浩荡，你依然爱着那个姑娘爱得山高海深不可动摇，这时候你未来的老丈人老丈母娘自然也不会再反对你们的结合了，不仅不反对而且把你看做是他们的光彩是他们的荣耀是他们晚年的福气是他们九泉之下的安慰。此刻你是多么幸福，你同你所爱的人在一起，在蓝天阔野中跑，在碧波白浪中游，你会是怎样的幸福！现在就把前面为你设计的那些好运气都搬来吧，现在可以了，把它们统统搬来吧，劫难之后失而复得，现在你才真正是一个幸福的人了。苦尽甜来，对，这才是最为关键的好运道。

苦尽甜来，对，只要是苦尽甜来其实怎么都行，生生病呀，失失恋呀，要要饭呀，挨挨揍呀（别揍坏了），被抄抄家呀，坐坐冤狱呀，只要能苦尽甜来其实都不是坏事。怕只怕苦也不尽，甜也不来。其实都用不着甜得很厉害，只要苦尽也就够了。其实都用不着什么甜，苦尽了也就很甜了。让我们为此而祈祷吧。让我们把这作为一条基本原则，无论如何写进我们的“好运设计”中去吧，无论如何安排在头版头条。

问题是，苦尽甜来又怎样呢？苦尽甜来之后又当如何？哎哟，那道阴影好像又要露头。苦尽甜来之后要是你还没死，以后的日子继续怎样过呢？我们应当怎样继续为你设计好运呢？好像问题还是原来的问题，我们并没能把它解决。当然现在你可以不断地忆苦思甜，不断地知足常乐，我们也完全可以把你以后的生活设计得无比顺利，但这样下去我们是不是绕了一圈又回到那不祥的阴影中去了？你将再没有企盼了吗？再没有新的追求了吗？那么你的心路是不是又在荒芜，于是你的幸福感又要老化、萎缩、枯竭了呢？是的，肯定会是这样。幸福感不是能一次给够的，一次幸福感能维持多久这不好计算，但日子肯定比它长，比它长的日子却永远要依靠着它。所以你不能失去距离，不能没有新的企盼和追求，你一时失去了距离便一时没有了路途，一时没有了企盼和追求便一时失去了兴致和活力，那样我们势必要前功尽弃，那道阴影必不失时机地又用无聊、用乏味、用腻烦和麻木来纠缠你，来恶心你，同时葬送我们的“好运设计”。当然我们不会答应。所以我们仍要为你设计新的距离，设计不间断的企盼和追求。不过这样你就仍然要有痛苦，一直要有。是的是的，一时没有了痛苦的衬照便一时没有了幸福感。

真抱歉，我们没想到会是这样。我们一向都是好意，想使你幸福，想使你在来世频交好运，没想到竟还得不断地给你痛苦。那道讨厌的阴影真是把咱们整惨了。看看吧，看看是否还有办法摆脱它。真对不起，至少我先不吹牛了，要是您还有兴趣咱们就再试试看，反正事已至此，我想也不必草草率率地回心转意，看在来世的分上，就再试试吧。

看来，在此设计中不要痛苦是不大可能了。现在就只剩下了一条路：使痛苦尽量小些，小到什么程度并没有客观的尺度，总归小到你能不断地把它消灭就行了。就是说，你能够不断地克服困难，你能够不断地跨越距离，你能够不断地实现你的愿望，这就行了。痛苦可以让它不断地有，但你总是能把它消灭，这就行了，这样你就巧妙地利用了这些混账玩意儿而不断地得到幸福感了。只要这样行了，接下来的事由我们负责。我们将根据以上要求为你设计必要的才能、必要的机运、必要的心理素质、意志品质，以及必要的资金、器械、设施、装备，乃至大夫护士、贤妻良母、孝子乖孙等等一系列优秀的后勤服务。总之，这些我们都能为你设计，只要一个人永远是个胜利者这件事是可能的，只要这样，我们的“好运设计”就算成了。只好也就这样了，这样也就算成了。

不过，这是不是可能的？你见没见过永远的胜利者？好吧，没见过并不说明这是不可能的，没见过的我们也可以设计。你，譬如说你就是一个永远的胜利者，那么最终你会碰见什么呢？死亡。对了，你就要碰见它，无论如何我们没法使你不碰见它，不感到它的存在，不意识到它的威胁。那么你对它有什么感想？你一生都在追求，一直都在胜利，一向都是幸福的，但当死亡来临的时候你想你终于追求到了什么呢？你的一切胜利到底都是为了什么呢？这时你不沮丧，不恐惧，不痛苦吗？你就像一个被上帝惯坏了的孩子，从来不知道什么叫失败，从来没遭遇过绝境，但死神终于驾到了，死神告诉你这一次你将和大家一样不能幸免，你的一切优势和特权（即那“好运设计”中所规定的）都已被废黜，你只可俯首帖耳听凭死神的处置。这时候你必定是一个最痛苦的人，你会比一生不幸的人更痛苦（他已经见到了的东西你却一直因为走运而没机会见到），命运在最后跟你算总账了（它的账目一向是收支平衡的），它以一个无可逃避的困境勾销你的一切胜利。它以一个不容置疑的判决报复你的一切好运，最终不仅没使你幸福反而给你一个你一直有幸不曾碰到的——绝望。绝望，当死亡到来之际这个绝望是如此的货真价实，你甚至没有机会考虑一下对付它的办法了。

怎么办？你怎么办？我们怎么办？你说事情不会是这样，你的胜利依旧还是胜利，它会造福于后人；你的追求并没有白费，它将为后人铺平道路；而这就是你的幸福，所以你不会沮丧不会痛苦你至死都会为此而感到幸福。这太好了，一个真正的幸运者就应该有这样的胸怀有如此高尚的情操——让我们暂时忘记我们只是在为自己设计好运吧，或者让我们暂时相信所有的人都能够享受有同样的好运吧——一个幸运者只有这样才能最终保住自己的好运，才能使自己最终得享平安和幸福。但是——但是！就算我们没有发现您的不诚实，一个如您这般聪明高尚的人总该知道您正在把后人的路铺向哪儿吧？铺到哪儿才算成功了呢？铺到所有的人都幸福都没了痛苦的地方？那么他们不是又将面对无聊了吗？当他们迎候死亡时不是就不能再像您这样，以“为后人铺路”而自豪而高尚而心安理得了吗？如果终于不能使所有的人都幸福都没了痛苦，您的高尚不就成了一场骗局您的胜利又怎么能胜得过阿Q呢？我们处在了两难的境地。如果您再诚实点儿，事情可能会更难办：人类是要消亡的，地球是要毁灭的，宇宙在走向热寂。我们的一切聪明和才智、奋斗和努力、好运和成功到底有什么价值？有什么意义？我们在走向哪儿？我们再朝哪儿走？我们的目的何在？我们的欢乐何在？我们的幸福何在？我们的救赎之路何在？我们真的已经无路可走真的已入绝境了吗？

是的，我们已入绝境。现在就是对此不感兴趣都不行了，你想糊弄都糊弄不过去了，你曾经不是傻瓜你如今再想是也晚了，傻瓜从一开始就不对我们这个设计感兴趣。而你上了贼船，这贼船已入绝境，你没处可退也没处可逃。情况就是这样。现在我们只占着一项便宜，那就是死神还没驾到，我们还有时间想想对付绝境的办法，当然不是逃跑，当然你也跑不了。其他的办法，看看，还有没有。

过程。对，过程，只剩了过程。对付绝境的办法只剩它了。不信你可以慢慢想一想，什么光荣呀，伟大呀，天才呀，壮烈呀，博学呀，这个呀那个呀，都不行，都不是绝境的对手，只要你最最关心的是目的而不是过程你无论怎样都得落入绝境，只要你仍然不从目的转向过程你就别想走出绝境。过程——只剩了它了。事实上你唯一具有的就是过程。一个只想（只想！）使过程精彩的人是无法被剥夺的，因为死神也无法将一个精彩的过程变成不精彩的过程，因为坏运也无法阻挡你去创造一个精彩的过程，相反你可以把死亡也变成一个精彩的过程，相反坏运更利于你去创造精彩的过程。于是绝境溃败了，它必然溃败。你立于目的的绝境却实现着、欣赏着、饱尝着过程的精彩，你便把绝境送上了绝境。梦想使你迷醉，距离就成了欢乐；追求使你充实，失败和成功都是伴奏；当生命以美的形式证明其价值的时候，幸福是享受，痛苦也是享受。现在你说你是一个幸福的人你想你会说得多么自信，现在你对一切神灵鬼怪说谢谢你们给我的好运，你看看谁还能说不。

过程！对，生命的意义就在于你能创造这过程的美好与精彩，生命的价值就在于你能够镇静而又激动地欣赏这过程的美丽与悲壮。但是，除非你看到了目的的虚无你才能够进入这审美的境地，除非你看到了目的的绝望你才能找到这审美的救助。但这虚无与绝望难道不会使你痛苦吗？是的，除非你为此痛苦，除非这痛苦足够大，大得不可消灭大得不可动摇，除非这样你才能甘心从目的转向过程，从对目的的焦虑转向对过程的关注，除非这样的痛苦与你同在，永远与你同在，你才能够永远欣赏到人类的步伐和舞姿，赞美着生命的呼喊与歌唱，从不屈获得骄傲，从苦难提取幸福，从虚无中创造意义，直到死神和天使一起来接你回去，你依然没有玩够，但你却不惊慌，你知道过程怎么能有个完呢？过程在到处继续，在人间、在天堂、在地狱，过程都是上帝的巧妙设计。

但是我们的设计呢？我们的设计是成功了呢还是失败了？如果为了使你幸福，我们不仅得给你小痛苦，还得给你大痛苦，不仅得给你一时的痛苦，还得给你永远的痛苦，我们到底帮了你什么忙呢？如果这就算好运，我，比如说我——我的名字叫史铁生，这个叫史铁生的人又有什么必要弄这么一份“好运设计”呢？也许我现在就是命运的宠儿？也许我的太多的遗憾正是很有分寸的遗憾？上帝让我终生截瘫就是为了让我从目的转向过程，所以有那么一天我终于要写一篇题为《好运设计》的散文,并且顺理成章地推出了我的好运？多谢多谢。可我不，可我不！我真是想来世别再有那么多遗憾，至少今生能做做好梦！

我看出来了——我又走回来了，又走到本文的开头去了。我看出来了，如果我再从头开始设计我必然还是要得到这样一个结尾。我看出来了，我们的设计只能就这样了。我不知道怎么办了，不知道还能怎么办。上帝爱我！——我们的设计只剩这一句话了，也许从来就只有这一句话吧。

1990 年

散文三篇

玩　具

我有生的第一个玩具是一只红色的小汽车，铁皮轧制的外壳非常简单，有几个窗但没有门，从窗口望见一个惯性轮，把后车轮在地上摩擦几下便能“嗷嗷——”地跑。我现在还听得见它的声音。我不记得它最终是怎样离开我的了，有时候我设想它现在在哪儿，或者它现在变成了什么、存在于何处。

但是我记得它是怎样来的。那天可谓双喜临门，母亲要带我去北海玩，并且说舅舅要给我买那样一只小汽车。母亲给我扣领口上的纽扣时，我记得心里充满庄严，在那之前和在那之后很久，我不知道世上还有比那小汽车更美妙更奢侈的玩具。到了北海门前，东张西望并不见舅舅的影。我提醒母亲：“舅舅是不是真的要给我买个小汽车？”母亲说：“好吧，你站在这儿等着，别动，我一会儿就回来。”母亲就走进旁边的一排老屋。我站在离那排老屋几米远的地方张望，可能就从这时，那排老屋绿色的门窗、红色的梁柱和很高很高的青灰色台阶，走进了我永不磨灭的记忆。独自站了一会儿我忽然醒悟，那是一家商店，可能舅舅早已经在里面给我买小汽车呢，我便走过去，爬上很高很高的台阶。屋里人很多，到处都是腿，我试图从拥挤的腿之间钻过去靠近柜台，但每一次都失败，刚望见柜台就又被那些腿挤开。那些腿基本上是蓝色的，不长眼睛。我在那些蓝色的旋涡里碰来转去，终于眼前一亮，却发现又站在商店门外了。不见舅舅也不见母亲，我想我还是站到原来的地方去吧，就又爬下很高很高的台阶，远远地望那绿色的门窗和红色的梁柱。一眨眼，母亲不知从哪儿来了，手里托着那只小汽车。我便有生第一次摸到了它，才看清它有几个像模像样的窗但是没有门——对此我一点儿都没失望，只是有过一秒钟的怀疑和随后好几年的设想，设想它应该有怎样一个门才好。我是一个容易惭愧的孩子，抱着那只小汽车觉得不应该只是欢喜。我问：“舅舅呢？他怎么还不出来？”母亲愣一下，随我的目光向那商店高高的台阶上张望，然后笑了说：“不，舅舅没来。”“不是舅舅给我买的吗？”“是舅舅给你买的。”“可他没来吗？”“他给我钱，让我给你买。”这下我听懂了，我说：“是舅舅给的钱，是您给我买的对吗？”“对。”“那您为什么说是舅舅给我买的呢？”“舅舅给的钱，就是舅舅给你买的。”我又糊涂了：“可他没来他怎么买呢？”那天在北海的大部分时间，母亲都在给我解释为什么这只小汽车是舅舅给我买的。我听不懂，无论母亲怎样解释我绝不能理解。甚至在以后的好几年中我依然冥顽不化固执己见，每逢有人问到那只小汽车的来历，我坚持说：“我妈给我买的。”或者再补充一句：“舅舅给的钱，我妈进到那排屋子里去给我买的。”

对，那排屋子：绿色的门窗，红色的柱子，很高很高的青灰色台阶。我永远不会忘。惠特曼的一首诗中有这样一段：“有一个孩子逐日向前走去；/他看见最初的东西，他就倾向那东西；/ 于是那东西就变成了他的一部分，在那一天，或在那一天的某一部分，/ 或继续了好几年，或好几年结成的伸展着的好几个时代。”正是这样，那排老屋成了我的一部分。很多年后，当母亲和那只小汽车都已离开我，当童年成为无比珍贵的回忆之时，我曾几次想再去看看那排老屋。可是非常奇怪，我找不到它。它孤零且残缺地留在我的印象里，绿色的门窗、红色的梁柱和高高的台阶……但没有方位没有背景周围全是虚空。我不再找它。空间中的那排屋子可能已经拆除，多年来它只作为我的一部分存在于我的时间里。

但是有一天我忽然发现了它。事实上我很多次就从它旁边走过，只是我从没想到那可能就是它。它的台阶是那样矮，以致我从来没把它放在心上。但那天我又去北海，在它跟前偶尔停留，见一个三四岁的孩子往那台阶上爬，他吃力地爬甚至手脚并用。我猛然醒悟，这么多年我竟忘记了一个最简单的逻辑：那台阶并不随着我的长高而长高。这时我才仔细打量它。绿色的门窗，对，红色的柱子和青灰色的台阶，对，是它，理智告诉我那应该就是它。心头一热，无比的往事瞬间涌来。我定定神退后几米，相信退到了当年的位置并像当年那样张望越久它越陌生，眼前的它与记忆中的它相去越远。从这时起，那排屋子一分为二，成为我的两部分，大不相同甚至完全不同的两部分。那么，如果我写它，我应该按照哪一个呢？我开始想：真实是什么。设若几十年后我老态龙钟再来看它，想必它会二分为三成为我生命的三部分。那么真实，尤其说到客观的真实，到底是指什么？

角　色

在电影里，我见过一排十几个也许二十几个刚出生不久的孩子。产科的婴儿室一尘不染，他们都裹在白色的襁褓里一个紧挨一个排成一排，睡着，风在窗外摇动着老树的枝叶，但这个世界尚未惊动他们，他们睡得安稳之极，模样大同小异。

那时我想：曾经与我紧挨着的那两个孩子是谁呢？（据悉我也是在医院里出生的，想必我也有过这样的时刻和这样的一排最初的伙伴儿。）与我一同来到人间的那一排孩子，如今都在做着什么都在怎样生活？当然很难也不必查考。世上的人们都在做着什么，他们也就可能在做着什么；人间需要什么角色，他们也就可能是什么角色。譬如部长，譬如乞丐，譬如工人、农民、教授、诗人，毋庸讳言譬如小人，当然还譬如君子。

可以想见，至少几十上百年内人间的戏剧不会有根本的改动，人间的戏剧一如既往还是需要千差万别的各种角色。那么电影里的那一排孩子将来都可能做什么都可能成为什么角色，也就大致上有了一个安排方案，有了分配的比例。每天每天都有上百万懵懂但是含了欲望的生命来到人间。欲望，不应该受到指责，最简单的理由是:指责，已经是欲望的产物。但是这一排生命简直说这一排欲望，却不可能得到平等的报答。这一排天真无邪稚气可掬的孩子，他们不可能都是爱因斯坦，也不可能都是王二小，不可能全是凡夫俗子，也不可能全是英雄豪杰，这都不要紧，这都不值得伤脑筋，最最令人沮丧的是他们不可能都有幸福的前程，不可能都交好运，同样，也不可能都超凡入圣或见性成佛。即便有九十九个幸福而光荣的位置相应只有一个痛苦或丑陋的位置在前面，在未来等待着这些初来乍到的生命的令人沮丧的局面也毫无改观：谁，应该去扮演那一个？和，为什么？

我不相信这个问题可能有一个美满的答案。释迦世尊的回答可能是最为精彩的回答："我不入地狱，谁入地狱？"地藏菩萨也说："地狱未空，誓不成佛。"但是在他们这样回答之时他们已经超越痛苦步入慈悲安详，在他们这样回答之后他们已经脱离丑陋成了英雄好汉，可问题呢，依旧原封不动地摆在那里未得答案。因为正像总统的位置是有限的，佛与菩萨的名额但愿能稍稍多一点儿而已。

我不再寻找它的答案。尼采说："自从我厌倦了寻找，我便学会了找到。"

有一个朋友死了。K，她在命运的迷茫之中猝然赴死。爱她的人说：要是我们早一点儿知道，我们可以使她不死。是的，这是可能的。但是，谁能让亿万命途都是丽日朗照？谁能保障这世上没有人在迷茫中痛不欲生？K这样去死了，或者其实是：有一个人这样去死了，这个人的名字恰恰叫做K。因为产科婴儿室里的那一排初来乍到的可爱的伙伴，都还没有名字。

有一个人双腿瘫痪了。S，他自己不知道为什么就连医生也不知道为什么，但是他再想站起来走一分钟都不可能了。爱他的人说：将来，将来也许会有办法让他重新站起来走。可能的，在不规定期限的将来这是可能的。但是不管多么长久的将来，人间也不可能完全消灭伤病，医学的前途不可能没有新的难题。那么将来的一个身患不治之症的人，对他自己和对爱他的人来说与现在这个S有什么不同呢？现在是将来的过去，现在是过去的将来，将来是将来的现在。产科婴儿室里每天都有一排初来乍到的可爱的伙伴，他们都还没有名字。

有一个人步入歧途。L，也许因为贫穷，也许因为愚昧，也许因为历史的驱使，他犯了罪甚至可能是不可饶恕的罪。爱他的人说：贫穷、愚昧和历史，难道应该由他一个人来负责吗？为什么他不可饶恕？是的，他不可饶恕，因为人类前行要以此标明那是歧途。但是人类还要前行，还要遇到歧途还要标明那是歧途。产科婴儿室里那些初来乍到的可爱的伙伴他们还都没有名字，他们之中的谁，将叫做L？

有一天，不是在电影里也不是在产科婴儿室，我看见一排已经离去的伙伴，一个挨着一个排成一排，安静之极，风在窗外摇动老树的枝叶但世界已不再惊扰他们了。用任何尘世的名字呼唤他们，他们都不应。他们有一个共同的名字：死者。

姻　缘

一

我在陕北的一处小山村插过队。我写过那地方，叫它做“清平湾”，实际的名称是关家庄。因为村前的河叫清平河，清平河冲流淤积出的一道川叫清平川。清平川蜿蜒百余里，串联起几十个村落。在关家庄上下的几个村子插队的，差不多都是我的同学，曾在同一所中学甚至同一个班级念书。也有例外，男士 A 不是我的同学但是和我们一起来到清平川插队，他是为了和我的同学男士 B 插在一处。但是阴差阳错，到了清平川，公社知青办的干部们将我和 B 等几个同学分配在关家庄，却把 A 与我的另几个同学安置在另一个村。费几番周折也没能改变命运的意图。这样男士 A 便在另一个村中与我的同学女士 C 相识，在同一个灶上吃饭，在同一块地里干活，从同一眼井中担水，走同一条路去赶集，数年后二人由恋人发展成夫妻，在同一个屋顶下有了同一个家。有一回我跟他们开玩笑说："可记得你们的媒人是谁吗？是 B！" 大家愣一下，笑道："不，不是 B，是公社知青办那几位先生。"大家笑罢又有了进一步觉悟，说："不不还是不对，不是 B 也不是那几位先生，是伟大领袖毛主席，若非他老人家的战略部署，A 和 C 何缘相识呢？" 思路如此推演开去，疑为 A 和 C 的媒人者纷纭而至呈几何级数增长，且无止境。

二

我难得登高望远。坐轮椅正坐至第二十个年头，尚无终期。

某一日电梯载我升上十几层高楼，临窗俯瞰，见城市喧嚣浩瀚比以前更大得触目惊心，楼堂房舍鳞次栉比也更多彩多姿，纵横交织的街道更宽阔美丽。唯如蚁的人群一如既往地埋头奔走，动机莫测出没无常；熙来攘往擦肩而过，就像互相绕开一棵树或一面墙；忽而也见两三位远远地扑来一处交头接耳，之后又分散融入人流再难辨认；一串汽车首尾相接飞驰向东，当中一辆不知瞬间受了什么引诱，减速出列掉头改道又急驶向西了；飘飘扬扬的一缕红裙，飘飘扬扬地分外醒目，但倏地永远不见了，于原来的地位上顶替以一位推车的老人；老人缓缓地走，推的是一辆婴儿车，车厢里的小孩儿顾自酣甜地睡着……我想，这老人这小孩儿恰是人间亿万命途的象征，来路和去向仍是一贯的神秘。

居高而望这宏大的人间，很可能正像量子力学家们对微观世界的测验和观察吧。书上说："经典力学具有完全确定的性质，即给出力和质量以及初始位置和速度，就能够精确地预言运动客体的未来或过去的性状。但是，在量子力学中，海森伯测不准原理指出微观粒子的位置和动量是不能同时精确测定的；因此牛顿定律不能适用于原子范围。量子力学定律并不描述粒子轨道的细节，它只能给出可能发生的事件及其在不同情况下发生的相对几率。”书上说，后来，物理学家把一切物质都看做具有波粒二象性。我想，人也是这样也具有波粒二象性吧。你每一瞬间都处于一个位置，都是一个粒子，但你每时每刻都在运动，你的历史正是一条不间断的波，因而你在任何瞬间在任何位置，都一样是命途难测。书上说：“物质世界是由同时存在着的无穷大的场构成。”那么人间社会料必也是如此；在几十亿条命运轨道无穷多的交织组合之间，一个人的命运真可谓朝不虑夕了。你能知道你现在正走向什么，你能知道什么命运正向你走来吗？

我坐在十几层高楼的窗前，想起往日的一个男孩儿。那男孩儿七岁时有一次问他的母亲：“什么是结婚？”母亲说：“一个男人和一个女人，他们想要在一起生活。”七岁的男孩儿于是问父亲：“你结婚了吗？”父亲说：“如果我是你的父亲，我肯定是结过婚了。”男孩儿迷茫地想了一会儿，说：“我不结婚。”母亲笑道:“你现在当然不要结,但将来你会结。”“为啥?”“因为,一般来说,所有的人都要结婚。”为此男孩儿郑重其事地想了一个下午,晚上他又问母亲:“那我和谁结婚呢?”母亲说:“这现在谁也不知道。不过那个女孩儿可能正在向你走来。”男孩儿于是独自到阳台上去,俯瞰街上埋头奔走的人流,很想辨出那个女孩儿,很想看见她从哪儿走来……

这时我忽然想起问我的妻子:“我七岁那年,你在哪儿?”她正读一本书,抬头望了望我,说:“下次别再忘了——又过了三年我才出生。”她笑了。可我没笑。“那么那时你的父母,他们在哪儿?”“很可能那时,”她一边重新埋下头去一边说,“我的父母还不相识。”

三

从上海来的一位朋友对我说,夏夜的外滩,情侣的密度当属世界之最。骄阳落去,皓月初升,江风习习吹开熏蒸的溽热之时你瞧吧,沿江的栅栏边,情男恋女伏栏面水倾诉衷肠，一条大队直排出几里，仿佛对黄浦江夹道的欢迎与欢送；一对紧挨一对，一对一对一对一对甚至互相不能留出间隙，一男一女一男一女一男一女，倘忽略每一颗头的扭向让你猜哪两个是一对，你有百分之五十的可能错点了鸳鸯。我对他的描述略表怀疑。“怎么你不信？”我的这位富于想象力的朋友笑道，“这么说吧，要是这时有谁下一道命令，譬如喊一二三，或者吹一声哨，情男恋女们无需移动位置只要一齐转头一百八十度，便可在全新的组合中继续谈情说爱。”

“很可能，”我说，“这样的命令已经下过了。”

“下过了？”这一回轮到他怀疑。

“下过了，但是你没听见。”

“你听见了？”

“我有时感到我听见了。在你去外滩之前，在你去外滩之前很久上帝的哨子已经吹过了，因此你看见了你所看到的情景，你看见了你只能看到的一种组合。”

不久前我读一本书，书上说到洗牌。一局牌（不论是扑克还是麻将）开始，先要洗牌。连续的输家抱怨手气不好，尤其要洗牌，别人洗过了他还不放心，一定要自己再洗，一面把牌打乱一面心中祈祷好运的来临。那本书的作者说："当然这会改变他的牌运，但是，到底是改变得更好了还是改变得更坏了却永远不能知道。被你洗掉了的种种排列，未及存在就已消逝，上帝只取其中一种与你遭遇。"

1992年春节

随笔十三

一

我曾想过当和尚，羡慕和尚可以住进幽然清静的寺庙。但对佛学不甚了了，又自知受不住佛门的种种戒律，想一想也就作罢。何况出家为僧的手续也不知如何办理，估计不会比出国留学容易。

那时我正度着最惶茫潦倒的时光。插队回来双腿残废了，摇着轮椅去四处求职很像是无聊之徒的一场恶作剧，令一切正规单位的招工人员退避三舍。幸得一家街道小作坊不嫌弃，这才有一份口粮钱可挣。小作坊总共三间低矮歪斜的老屋，八九个老太太之外，几个小伙子都跟我差不多，脚上或轻或重各备一份残疾。我们的手可以劳作，嗓子年轻，梦想也都纷繁，每天不停地唱歌和不停地在仿古家具上画下美丽的图案。在那儿一干七年。十几年后，我偶然在一家星级饭店里见过我们的作品。

小作坊附近，曲曲弯弯的小巷深处有座小庙，废弃已久，僧人早都四散，被某个机关占据着。后来时代有所变迁，小庙修葺一新，又有老少几位僧徒出入了，且唱经之声隔墙可闻。傍晚，我常摇了轮椅到这小庙墙下闲坐，看着它，觉得很有一种安慰。单是那庙门、庙堂、庙院的建筑形式就很能让人镇定下来，忘记失学的怨愤，忘记失业的威胁，忘记失恋的折磨，似乎尘世的一切牵挂与烦恼都容易忘记了……晚风中，孩子们鸟儿一样地喊叫着游戏，在深巷里荡起回声，庙院中的老树沙啦沙啦摇动枝叶仿佛平静地看这人间，然后一轮孤月升起，挂在庙堂檐头，世界便像是在这小庙的抚慰下放心地安睡了。我想这和尚真做得，粗茶淡饭暮鼓晨钟，与世无争地了此一生。

摇了轮椅回家，一路上却想，既然愿意与世无争地度此一生，又何必一定要在那庙里？在我那小作坊里不行么？好像不行，好像只有住进那庙里去这心才能落稳。为什么呢？又回头去看月下小庙的身影，忽有所悟：那庙的形式原就是一份渴望理解的申明，它的清疏简淡朴拙幽深恰是一种无声的宣告，告诉自己也告诉别人，这不是落荒而逃，这是自由的选择，因而才得坦然。我不知道那庙中的僧徒有几位没有说谎，单知道自己离佛境还差得遥远，我恰是落荒而逃，却又想披一件脱凡入圣的外衣。

从那小庙的宣告中，也听出这样的意思：入圣当然可以，脱凡其实不能，无论僧俗，人能舍弃一切，却无法舍弃被理解的渴望。

二

有一回我发烧到摄氏四十度三，躺在急诊室里好几天，高烧不退。我一边呻吟并且似乎想了一下后事的安排，一边惊异地发现，周围的一切景物都蒙上了一层沉暗的绿色，幸而心里还不糊涂，知道这不过是四十度三在捣鬼。几天后，烧退了，那层沉暗的绿色随之消失，世界又恢复了正常的色彩。那时我想，要是有一种动物它的正常体温就是四十度三，那么它所相信的真实世界，会不会原就多着一层沉暗的绿色？这是一种猜测，站在人的位置永远无法证实的猜测。便是那种动物可以说话，它也不能向我们证实这一猜测的对还是错，因为它不认为那发绿的世界有什么不正常，因为它不可能知道我们所谓的正常到底是什么状态，因为它跟我们一样，无法把它和我们的两种世界做一番比较。

对于色盲者来说，世界上的色彩要少一些——比如说，不是七种而是五种。但为什么不可能是这样：世界上的色彩本不是七种而是九种，因为我们大家都是色盲呢？

我总猜想，在我们分析太阳的光谱时，是否因为眼睛的构造（还有体温呀，心率呀，血压呀等等因素）而事先已被一种颜色（比如沉暗的绿色）所蒙蔽所歪曲了？当然这猜想又是永远无法证实，因为我们不管借助什么高明的仪器，最终总归是要靠眼睛去做结论；而被眼睛所蒙蔽的眼睛，总也看不出眼睛对眼睛的蒙蔽。

那么听觉呢？那么嗅觉和味觉呢？那么人的一切知觉以及由之发展出来的理性呢？况且，人类的知觉说不定会像色盲一样有着盲点呢？我们凭什么说我们可以发现一个纯客观的世界呢？

三

一度，我曾屡屡地做一个大同小异的梦，梦见我的病好了，我的腿又能走了，能跑能跳而且腿上又有了知觉。因为这样的梦做得太多，有一回我在这梦里问这梦里的别人："这回我不是又在做梦吧？"别人说："不是，这怎么会是梦呢？当然不是。"我说："那怎么证明？你怎么能给我证明这一次不是梦呢？"别人于是就给我证明，"你看太阳，不是还在天上？""你看这树叶不是绿的么？你听，不是还有风？""你再看这河，水不是还在流着么？"……虽种种证明完全不合逻辑，但在梦中我却一一信服，于是激动得流泪，心想这一回到底不是梦了，到底是真的了。可这么一激动，就又醒了，看着四周的黑夜，心里无比懊恼。懊恼之余我想：要是在梦中可以怀疑是不是梦，那么醒了也该怀疑是不是醒吧？要是在梦中还可以做梦，为什么醒来就不可以再醒来呢？

我还常常做些离奇古怪的梦。有一次我梦见一个周身闪耀着灵光的人对我说："知道你的病因是什么吗？"我问："什么？"他说："你的脊髓里颠倒了八小时。"于是我相信我的病因可算找到了。有一次我梦见走进一片树林，或者有或者只是我感到有——一个声音在对我说："找找看，哪一棵树是你。"遍地的灌木葳蕤泼洒，高大的乔木蔽日遮天，我摸摸这一丛，敲敲那一棵，心想哪一棵回答说它是我，它就必定是我。有一次我梦见我放声高歌，歌声嘹亮响遏行云，而且是即兴的词曲，但低吟高唱无不抑扬成调。有一次，我梦见，我把右腿卸下来装在左胯上，再把左腿卸下来装在右胯上，于是我就能行走如初了。我也做过周游世界的梦，做过发财的梦，做过被称为"春梦"的那种梦。我相信弗洛伊德们肯定会找到这些梦的原因，不过我对此没有多少兴趣。日有所思，夜有所梦，总归跑不出这个逻辑。让我感兴趣的是，梦中全不顾什么逻辑和规矩，单是跟着愿望大胆地走去。

你无论做什么样的离奇古怪的梦，你都不会在梦中感到这太奇怪，这太不可思议，这根本不可能，你会顺其自然地跟随着走下去。而这些事或这些念头要是放在白天，你就会羞愧不已、大惊失色、断然不信、踟蹰不前。这是为什么？很可能是这样：从人的本性来看，并无任何“奇怪”可言；就人的欲望来说，一切都是正当。所谓奇怪或不正当，只是在这个现实世界的各种规矩的衬照下才有的一种恐惧。

四

写作（这里主要指小说和散文）成为少数人的职业，我总感觉有点儿荒唐。因而我想“专业作家”可能是一种暂时现象。世界上那么多人，凭什么单要听你们几个人叨唠？人间那么多幸福快乐困苦忧伤，为什么单单你们几个人有诉说的机会？几十亿种生活，几十亿种智慧和迷惑，为什么单单选取你们的那一点点儿向大家公布？我觉得这事太离谱儿。

小说或散文若仅仅是一处商业性的娱乐场所倒也罢了，总归不能人人都开办游乐场。但文学更要紧的是生命感受的交流，是对存在状态的察看，是哀或美的观赏，是求一条生路似的期待，迷途的携手或孤寂的摆脱，有人说得干脆那甚至是情爱般的袒露、切近、以命相许、海誓山盟。这可是少数几个人承担得起的么？

作家都自信道出了世事众生的真相，即便夸张、变形、想象、虚构、拼接、间离……但他们必说那是真或是本质的真。虽对真的检查见仁见智，但有一条肯定：自命虚假的作品绝无。然而人间浩瀚复杂瞬息万变，几位职业作家能看见多少真呢？有一副旧对子：百行孝当先／万恶淫为首。据说有位闲人给上下联各添了十二个字：百行孝当先，论心不论迹，论迹贫家无孝子／万恶淫为首，论迹不论心，论心自古无完人。迹可察，但心可度么？我还听一位“文革”中遭拷打而英勇未屈者说过：要是他们再打我一会儿我可能就叛变了，我已经受不住了正要招认，偏这时他们打累了。我有时候猜测：那个打手一定是累了么？还是因为譬如说他与某个女人约会的时间到了？当然还可能是其他原因，无穷无尽的可能性，只要当事人不说，真相便永无大白之日。还是那句话，要是成千上万的人只听几个人说（且是小！说，是散！文），能听见多少真呢？充其量能听见他们几个人自己的真也就难能可贵。

扬言写尽人间真相，其实能看全自己的面目已属不易。其实敢于背地里毫不规避地看看自己，差不多就能算得圣人。记得某位先哲有话："语言，与其认为是在说明什么，不如说是在掩盖什么。"形单影只流落于千差万别的人山人海中，暴露着肉身尚且招来羞辱，还敢赤裸起心魂么？自亚当、夏娃走出伊甸园人类社会于是开始之日，衣服的作用便有两种：御寒和遮羞；语言的作用也便有两种：交流和欺瞒。孤独拓展开漫漫岁月，同时亲近与沟通成为永远的理想。在我想来，爱情与写作必也是自那时始，从繁衍种类和谋求温饱的活动中脱颖而出——单单脱去遮身的衣服还不够，还得脱去语言的甲胄让心魂融合让差别在那一瞬间熄灭，让危险的世界上存一处和平的场所。可能是罗兰·巴特说过，写作者即恋人。

所以有人问我，你理想中的小说（或散文）是什么？我想了又想，发现我的理想中并没有具体的作品，只有一种姑妄名之的小说环境或曰创作气氛，就像年轻恋人的眼前还没有出现具体的情人却早有了焦撩着的爱的期待。于是我说，在我的理想中甚至是思念里，写小说（或写散文）应该是所有人的事，不是职业尤其不是几个人的职业，其实非常非常简单那是每一个人的心愿，是所有人自由真诚的诉说和倾听。所有人，如果不能一同到一个地方去，就一同到一种时间里去，在那儿，让心魂直接说话，在那儿没有指责和攻击当然也就无需防范和欺瞒，在那儿只立一个规矩：心魂有袒露的权利，有被了解的权利，唯欺瞒该受轻蔑。

所以我希望“职业作家”是暂时现象。我希望未来的写作是所有人的一期假日，原不必弄那么多技巧，几十亿种自由坦荡的声音是无论什么技巧也无法比拟的真实、深刻、新鲜。我希望写作是一块梦境般自由的时间，有限的技巧在那儿死去，无限的心思从那儿流露，无限的欣赏角度在那儿生长。当然当然，良辰一过我们还得及时醒来，去种地，去打铁，上下班的路上要遵守交通规则。

五

我最早喜欢起小说来，是因为《牛虻》。那时我大约十三四岁，某一天午睡醒来颇有些空虚无聊的感受，在家中藏书寥寥的书架上随意抽取一本来读，不想就从午后读到天黑，再读到半夜。那就是《牛虻》。这书我读了总有十几遍，仿佛与书中的几位主人公都成了故知，对他们的形象有了窃自的描画。后来听说苏联早拍摄了同名影片，费了周折怀着激动去看，结果大失所望。且不说最让我难忘的一些情节影片中保留太少，单是三位主要人物的形象就让我不能接受，让我感到无比陌生："琼玛"过于漂亮了，漂亮压倒了她高雅的气质；"蒙泰尼里"则太胖，太臃肿，目光也嫌太亮，不是一颗心撕开两半的情状；"牛虻"呢，更是糟，"亚瑟"既不像书中所说有着女孩儿般的腼腆纤秀，而"列瓦雷士"也不能让人想起书中所形容的"像一头美洲黑豹"。我把这不满说给其他的《牛虻》爱好者，他们也都说电影中的这三个人的形象与他们的想象相去太远，但他们的想象又与我的想象完全不同。回家再读一遍原著，发现作者对其人物形象的描写很不全面，很朦胧，甚至很抽象。于是我明白了：正因为这样，才越能使读者发挥想象，越能使读者根据自己的经验去把各个人物写真，反之倒限制住读者的参与，越使读者与书中人物隔膜、陌生。“像一头美洲黑豹”，谁能说出到底是什么样呢？但这却调动了读者各自的经验，“牛虻”于是有了千姿百态的形象。这千姿百态的形象依然很朦胧，不具体，而且可以变化，但那头美洲黑豹是一曲鲜明的旋律，使你经常牵动于一种情绪，想起他，并不断地描画他。

在已有的众多艺术品类中，音乐是最朦胧的一种，对人们的想象最少限制的一种，因而是最能唤起人们的参与和创造的一种。求新的绘画、雕塑以及文学，可能都从音乐得了启发，也不再刻意写真写实，而是看重情绪、节奏、旋律，追求音乐似的效果了。过去我不大理解抽象派绘画，去年我搬进一套新居，挺宽绰，空空的白墙上觉得应该有一幅画，找了几幅看看觉得都太写实，太具体，心绪总被圈定在一处，料必挂在家里每天看它会有囚徒似的心情。于是想起以往看过的几幅抽象派画作，当时不大懂，现在竟很想念，我想在不同的日子里跟它们会面，它们会给我常新的感觉，心绪可以像一个囚徒的改过自新。

听觉原就比视觉朦胧，因而音响比形象更能唤起广阔的想象。比听觉更朦胧的，是什么？是嗅觉。将来可否有一种嗅觉交响乐呢？当然那不能叫交响乐，或许可以叫交味乐？把种种气味像音符一样地编排，让它们幽眇或强烈地散发，会怎么样？准定更美妙，浮想联翩，味道好极了！

六

几年前美术馆有过一次别开生面的“现代艺术展”，我因行动不便，没能去看。听说最令人惊诧不解的一件作品是：一个人（作者本人），坐在小板凳上，双脚浸在水盆里，默默然旁若无人地洗脚。有看过的人回来说：“什么玩意儿，越玩越邪乎了！早知这样不如上澡堂子看去。”

我却接受这件作品，心绪因之漫展得辽远，无以名状地感动。为什么会这样，连自己也一时猜不透，是不是也中了邪？慢慢想，似乎有一点儿明白。

我先是想到自己也有类似的时候，无论是生命中的什么滋味，一尝到极端便无以诉说，于是从繁杂的世界回到属于自己的一隅，做着必要的凡俗之事，思绪却东奔西走，但无以诉说的事恰恰指向了现实的绝境，思绪走投无路便可能开出一块艺术的心境，看见生命的危惧，看见不屈不死的渴望，于是看见上帝的恩赐和生活的原状，感动着但是镇定了，镇定了又不想麻木，种种滋味依然处在极端。但一改愤世嫉俗的故习，转而追随了审美的逻辑。

其次我想到这是为什么？——把几颗粗糙平凡随处可以捡到的石子，似乎排布随意地粘在一只素雅的瓷盘上，就使人有了艺术的感受；把几片凋零枯焦并不珍奇的落叶装在精美的镜框里，就产生了审美价值；把农舍门窗上的剪纸陈列在美术馆里，人们就更加看见它们的魅力。原因肯定很多。

但我想，至关重要的是发现者的态度。在那石子、落叶、剪纸和瓷盘、镜框、美术馆之间，是发现者的态度，弥漫着发现者坎坷曲回的心路，充溢着发现者迷茫但固执的期盼，从而那里面有了从苦难到赞美的心灵历史。任何一种东西，原本并没有美在其中，万物之间也并没有美的关系，是人发现了美。美，其实是人对世界、对生命的一种态度。在那石子、落叶、剪纸和瓷盘、镜框、美术馆的关系中，便蕴藏了发现者的这类态度。而真正的欣赏也得是一种发现。基于欣赏者的态度而有的一种发现，或者基于这种发现而生长的一种态度。当我们看着这些作品，我们发现了什么呢？除了发现发现者所发现的，我们还发现了发现者与其作品的关系，我们感动的其实是发现者的态度，其实是再发现时我们所持的态度。于是我们也成为发现者，甚至成为有更多发现的发现者，思绪万千。要是你没能发现发现者的态度，没能发现一个孤独的洗脚者和周围高雅堂皇的建筑和各怀心事的人群之间的关系，那当然就不如去路边看石子和到澡堂子里去看洗浴了。

有一种叫做“接受美学”的东西，我想没准儿就是这么回事。

其实什么叫艺术品呢？真是没有一定之规。莫扎特就一定是？但是听不懂他的人从中毫无所得。冬日北风中的一声叫卖就一定不是？但有人却从中听见人生辽阔的存在。常听说某种艺术被称为空间艺术，某种艺术被称为时间艺术，我想这说法不算恰当。艺术从来就不是发生在空间和时间，而是发生在更高的一维，发生于众生之精神寻觅的网脉一样的遭遇和联结之上，如何地遭遇联结恐怕专属于神的作为，人呢，借助了时空去接近她。但时空常又阻碍了这种接近，这才有无羁无绊的沉思默想跳出在时空之上，无中生有地开辟一条朝圣之路。

七

为什么，往事总在那儿强烈地呼唤着，要我把它们写出来呢？

为了欣赏。人需要欣赏，生命需要被欣赏。就像我们需要欣赏我们的爱人，就像我们又需要被爱人欣赏。

重现往事，并非只是为了从消失中把它们拯救出来，从而使那部分生命真正地存在；不，这是次要的，因为即便它们真正存在了终归又有什么意义呢？把它们从消失中拯救出来仅仅是一个办法，以便我们能够欣赏，以便它们能够被欣赏。在经历它们的时候，它们只是匆忙，只是焦虑，只是“以物喜，以己悲”，它们一旦被重现你就有机会心平气和地欣赏它们了，一切一切不管是什么，都融化为美的流动，都凝聚为美的存在。

成为美，进入了欣赏的维度，一切才都有了价值和意义。说生命的终极价值和意义是美，仿佛有点儿无可奈何。我们可以把社会的价值和意义发现得很清晰，很具体，很实在或很实用。可是生命呢？如果一切清晰、具体、实在和实用的东西都必然要毁灭，生命的意义难道还可以系之于此吗？如果毁灭一向都在潜伏着一向都在瞄准着生命，那么，生命原本就是无用的热情，就是无目的的过程，就是无法求其真而只可求其美的游戏。

所以，不要这样审问小说——到底要达到什么？到底要说明什么？到底要解决什么？到底要完成什么？到底要探明什么？到底要判断什么？到底怎么办？小说只是让我们欣赏生命这一奇丽的现象，这奇丽的现象里包含了上述的“到底”和“什么”，但小说不负责回答它。小说只给我们提供一个机会，一个摆脱真实的苦役，重返梦境的机会：欣赏如歌如舞如罪如罚的生命之旅吧。由一个亘古之梦所引发的这一生命之旅，只是纷纭的过程，只是斑斓的形式。这足够了。

我每每看见放映员摆弄着一盘盘电影胶片，便有一种神秘感，心想，某人的某一段生命就在其中，在那个蛋糕盒子一样的圆圆的铁盒子里，在那里面被卷作一盘，在那儿存在着，那一段生命的前因后果同时在那儿存在了，那些历程，那些焦虑、快乐、痛苦，早都制作好了，只等灯光暗下来放映机转起来，我们就知道是怎么回事了。于是我有时想，我的未来可能也已经制作好了，正装在一只铁盒子里，被卷作一盘，上帝正摆弄他，未及放映，随着时光流逝斗转星移，我就一步步知道我的命运都是怎么回事了。于是我又想，有一天我死了，我一生的故事业已揭晓，那时我在天堂或在地狱看我自己的影片：哈！这不是我吗？哈，我知道我都将遇到什么，你们看吧，我过了二十一岁我就要一直坐在轮椅上，然后我在一家小作坊干了七年，然后我开始学写作……不信你们等着瞧。我常想，要是有那样的机会，能够那样地看自己的一生，我将会被自己感动，被我的每一种境遇所陶醉。

八

Y跟我说，有一回他和几个朋友慕名去见一位精通预测（或曰算命）的大师，大师的本领果然不凡，虽与Y和Y的几个朋友素昧平生，却把Y的几个朋友以往的际遇推算得准确之极。算对了以往再算未来，Y的几个朋友前途各异，因而有的喜形于色，有的掩饰不住忧虑。轮到Y时，Y退却，扭头溜掉。Y说，他原是想看个稀罕，并未认真，不料那大师真的名不虚传。Y说，这一下他倒害怕了。我问："怕什么？"Y说："因为他算得太准。把什么都算出来，我往下可还活的什么劲儿呢？就像下棋，每一步都已了然，再下还有什么趣味？”

Y 对命运的态度，依我看，比那位大师更高明。

虽然多数的算命属骗钱糊口的勾当（其实这类勾当很多，不止算命），但我相信有些算命或对命运的预测是有道理的，确凿灵验。是什么道理，我当然不知道。但对天气预报既然可以有所信赖，地震预报虽不灵验者多但仍在提倡，为什么不能尝试其他方面的预测呢，比如命运？

但我也有如 Y 的一种忧虑：倘终于未来的一切都了如指掌，人生就怕十分的乏味了。除此忧虑外，我还有一份顽固的糊涂：可预测，但可预防么？

如果单单是预测得准确而无法预防，是喜事便好，是祸事呢？岂不倒白白赔进去额外的惊吓与苦恼？所以碰上算命的，我总是请他报喜不报忧，真与不真我并不计较。常言道“笑比哭好”，有一份美梦可做，显见得不是坏事。这美梦越是做得长久，我便越是快慰得长久，假如这美梦在我死前一直不被揭穿，我岂不是落得了一生的好运道？揭穿了也不怕，还可以再为自己预算出一些好运，不断地为自己筹措虚缈的美景良辰，使自己总有美梦可做，至死方休。这么说，肯定会有人以为大谬不然，嗤之以鼻。换一个说法也许就好了：人活着，总是要心怀美丽的理想。人是最喜欢沉醉于虚渺的动物，而且这不是坏品质。

命运，要是不单可以预测，还可以预防，因而可以避祸，那当然最好不过。可是我想，预测仅仅是旁观因而不影响世界原有的结构，预防却是干预，预防之举必定会改变原有的世界，因之原有的预测也就不再准确。那么在这个已经掺进了预防已经改变了的世界中，还可以继续预测和预防么？也就是说，可以预测那些预测么？可以预防那些预防么？假定可以。那么肯定会出现对预测的预测，对预测的预测的预测，对预防的预防的预防……如此无穷地循环，结果必是谁也无从预测，谁也无法预防，或者是大家整日都在忙于预测和预防，再无其他事做。只有一个办法可以拯救预测和预防，那就是只给少数人以预测和预防的特权（人数越少，效果越好），就像只给少数人以高官厚禄的机缘。但少数的特权给谁——

这可以预测和预防么？倘可预测，便说明命运的不可预防；若可预防，还不又是争权夺利似的争斗？

九

早听人说过特异功能的神奇，不敢不信，但未目睹，总还是心存疑忌。前不久终于有缘亲眼看了一回，一位赫赫有名的特异功能大师离我不足两米之距，只见他把我们刚刚吃饭时用过的两只不锈钢餐叉并在一起，握在掌心，吹一口气，揉捏片刻轻轻一拧，当啷一声掷于桌面，两只餐叉已是麻花般缠绞在一起。在场的人或惊叫，或目瞪口呆。我定了定神，看看四周的世界，心中竟一阵阵恐惧。怕什么？世界原来藏着秘密，在被认为不可能藏着秘密的地方藏着秘密，世界就很是一个阴谋家似的可怕。我于是懂得，当“地球是圆的地球是围绕太阳转着”的消息第一次发布时，反对者绝不是出于嫉恨，而是出于恐惧。

对特异功能的神奇，还是不相信者居多，这情有可原，因为多数人没有机会亲眼看看。但听说，也有人对此取“不信、不听、不看”的态度，还自称是对科学的捍卫，是反迷信的义举，这真是更为特异的逻辑。不信，那是不信者的自由；不听，则已有盗铃之嫌；不看呢，才真是可怕的迷信了。有人说，现代最大的迷信是科学自己，说得痛快！任何思想、逻辑、认识世界的方法，要是醉在自己的成功上，自负得以致封闭，都有望愚昧蛮横成一头暴君。

对特异功能（还有气功）的神奇，又有人持另一种拜倒的态度：相信那是能使人类千古梦想终得实现的力量，是拯救众生脱离困苦的佛光，是最最最伟大的宗教。我真是不信，同时我相信又一头暴君正在发育成长。

我相信气功和特异功能的神奇力量的确凿。我相信它的效用越是确凿，就越说明它是科学，是潜科学；我相信它越是有神奇的力量，就说明它越不是宗教，宗教一向是在人力的绝境上诞生，我相信困苦的永在，所以才要宗教。我相信，人们不愿承认末日的必来和不愿承认困苦的永在，乃是所有救世哲学难于自圆的病根。

譬如说佛的宏愿，那不可能是一种事实，那永远只是一个理想；佛以一个美丽的理想，帮助众生与困苦打交道罢了。因为：倘一人不能成佛，众生便未得度。众生都若成佛，世间便无差别和矛盾，也就同于死寂。若从死寂中再升华出一个更高明的世界，也只是有了更高明的差别和矛盾，于是又衍生出众生更为高明的困苦和更为高明的佛。佛很可能一向就是位媒人，经他介绍，众生才得与困苦相识，并天荒地老永不分离。

十

我这样理解真善美："有物混成，先天地生"，自然，就是真，真得不可须臾违抗。知人之艰难但不退而为物，知神之伟大却不梦想成仙，让爱燃烧可别烧伤了别人，也无需让恨熄灭，唯望其走向理解和宽容；善，其实仅指完善自我，但自我永无完善。因而在无极的路上走，如果终于能够享受快慰也享受哀伤，就看见了美。

但我也发现荒诞：走在街上，坐在家中，或匆匆奔赴一个约会，或津津有味地作一篇文章……这样的时候我的眼睛常常跳到屋顶上、树梢上、天空的各种颜色里。俯瞰自己，觉得下面这个中年男子真是乖张。这家伙自以为是去赴约会，其实呢，不过是一步步去会见死亡；自以为献身一项有益的事业，其实只是自寻烦恼和无事忙；自以为有一份使命，其实正高歌猛进在歧途上。但这样想过却不能放弃，目光从天际回来，依然沉湎于既往的荒唐。

但什么是歧途和荒唐？谁能告诉我，怎样才不是歧途和荒唐？

也许，人，就是歧途。因为人是欲望的化身，没有欲望也就没有人。因为欲望不能停留，否则也就不是欲望。因为“地上本没有路，走的人多了也便成了路”。因为在无路之地举步，本无法保证那是正道。所以倒是歧途养育了我们这种动物。

人，未必就高于其他动物。见一头牛被奴役，便可想到人也在被命运奴役。见一匹鹿自由快乐地消磨光阴，便可想到，人的一切所为，也正是为了快乐地消磨由一生光阴铸成的歧途。就像坐着长途的列车，空洞的时间难熬，便玩着扑克牌，玩呀玩呀，那煎熬的时间就在快乐中过去了，注目再看时，好了，到了，大家散伙下车，扑克牌再无意义了。当然，把扑克牌换成书也行，换成沉思也行，换成辩论和正义的战斗也都行。

那么，比如鹿，比如鱼和鸟，它们“快乐地消磨”的方式，凭什么说一定低于人的方式呢？很怪。唯有想到自己是人这一无可争辩的事实时，才相信自己的方式的必要性。万物平等。人为自己留一颗骄傲的心，人为自己设置美丽的理想，只是更利于“快乐地消磨”罢了，绝不是说人可以傲视一只坦然而飞的鸟，或一条安然入梦的鱼。

也许上帝设计了这歧途是为了做一个试验：就像我们放飞一群鸽子，看看最后哪只能回来。或者是对他的孩子们的一次考验：把他们放进龌龊中去，看看谁回来的时候还干净。

十一

在电视中见过这样一个节目：数名影剧中的反角演员一起登台，向观众祝贺节日，和大家一起欢度佳节。主持人说：人们总是更关注正面角色的演员，但是别忘了他们（摄像机便逐一地对准这一群或“可怕”或“可憎”的面孔），没有他们的合作就没有戏，他们和正面角色的演员一样功不可没。台下鼓掌。然后他们中的一位说：在戏里我们都是坏蛋，在生活里（看看他的一群伙伴），其实咱们都是好人。台下又鼓掌，表达对他们的感谢。这时候我心里似乎惊喜，似乎温暖，似乎一切梦想接近实现。

坐在电视机前，眼睛再看不见其他节目，我想象一个剧团因为没有了反角演员而面临散伙的窘境。我想，那时所有的正角演员一定都被发动起来，求贤似渴般地去寻找反角演员，就像刘玄德三顾茅庐，就像萧何月下追韩信，甚至就像一条要沉没的船上发出着求救信号，甚至就像一群迷途者在呼唤上帝的指引。据说，一个真正的英雄在打败了所有的敌人之后，忽然感到无比的恐慌，忽然看不见了生命的价值，因而倒成了一个真正的失败者。

世界大舞台，舞台小世界，设若世界上没有了歧途全剩下正道，设若世界上没有了反面角色单留无数英雄豪杰，人类大约也就是一个面临散伙的大剧团，想必我们也得呼唤救星一样地呼唤反面角色，久旱祈雨般地祈求天降歧途。幸好不是这样，幸好上帝深谙戏剧之要义，便是在小世界幕落之后，也还在大舞台上为我们准备了无路之地，待我们去踏出正道也踏出歧途。

有幸踏出正道的当然是好人。谁去踏出歧途呢？不幸踏住歧途的在这大舞台上便被称做坏蛋。（说明一下：歧途者，并不单指山野间的歧途，还指心理的和灵魂的歧途。）这就显得不大公平。步入歧途已然不幸，还要被大家轻蔑和唾骂；走上正道已经交得好运，还要追加恭维和赞美。但从戏剧的进展和效果考虑，非如此而不可，唾骂和赞美原是演出歧途和正道的方法。

当然法律还是法律，不可松懈，正如演员不可擅自篡改剧作的编排。我只希望，在世界大舞台上，也有正反角色共度佳节的机会。在坏蛋被惩处的地方，让我们记起角色后面的那个演员，从而在人的意义上，在灵魂的神殿前，呈上一份平等的追悼和理解，想起我们的大剧团所以没散伙的一个原因。

十二

一位朋友的儿子，小名叫老咪。老咪六七岁的时候，他的哥哥十二三岁。十二三岁的哥哥正是好奇心强烈的年纪，奇思异想层出不穷，有一个问题最吸引他：时间，时间是从什么时候开始的？他把这问题去问他爹，他爹回答不出。他再把这问题去问老师，老师也摇头。于是哥哥把它当做一个难倒成年人的法宝，见哪个狂妄之徒胆敢卖弄学问，就把这问题问他，并窃笑那狂徒随即的尴尬。

但有一天老咪给这问题找到了精彩的答案。那天哥哥又向某人提问：“时间，你知道吗，是从什么时候开始的？”

这时老咪正睡眼蒙眬地瞄准马桶撒尿，一条闪亮的尿线叮咚地激起浪花，老咪打个冷战，偷眼去望墙上的挂钟，随之一字一板泰然答道：“从一上弦就开始了。”语惊四座。这老咪将来做得哲人。

我生于一九五一年。但在我，一九五一年却在一九五五年之后发生。一九五五年的某一天，我记得那天日历上的字是绿色的，时间，对我来说就始于这个周末。在此之前一九五一年是一片空白，一九五五年那个周末之后它才传来，渐渐有了意义，才存在。但一九五五年那个周末之后，却不是一九五五年的一个星期天，而是一九五一年冬天的某个凌晨——传说我在那个凌晨出生，我想象那个凌晨，于是一九五一年的那个凌晨抹杀了一九五五年的一个星期天。那个凌晨，五点五十七分我来到人间（有出生证为证），奶奶说那天下着大雪。但在我，那天却下着一九五六年的雪，我不得不用一九五六年的雪去理解一九五一年的雪，从而一九五一年的冬天有了形象，不再是空白。然后是一九五八年，这年我上了学，这一年我开始理解了一点儿太阳、月亮和星星的关系。而此前的一九五七年呢，则是一九六四年时才给了我突出的印象，那时我才知道一场“反右”运动大致的情况，因而一九五七年下着一九六四年的雨。再之后有了公元前，我知道了并设想着远古的某些历史，而公元前中又混含着对二〇〇一年的幻想，我站在今天设想远古又幻想未来，远古和未来在今天随意交叉，因而远古和未来都刮着现在的风。

我理解，博尔赫斯的“交叉小径的花园”是指一个人的感觉、思绪和印象，在一个人的感觉、思绪和印象里，时间成为错综交叉的小径。他强调的其实不是时间，而是作为主观的人的心灵，这才是一座迷宫的全部。

十三

有很多回，有很多事，我冥思苦想，似有所得，并为之欣喜，但忽一日却从书中发现，我所想到的前人早已想到了，不免沮丧。

我是不是白想了呢？没有，我没有白想。

我想到了我才明白了前人的所想，前人的所想才真正存在。如果我没想到，即便我读到前人的所想我也不会理解，前人的所想也就等于无。

所以我知道了：凡我想到的前人都想到了，凡我没想到的也就等于没有前人的所想。

看来亘古至今，人们是在反复地问着和回答着同一个问题，不得不这样。人们轮班地来做同一个猜谜游戏。结束之后是开始。

1992 年

足球内外

一

从电视里看足球，好处是局部争夺看得清楚，球星们的眉目也真切，坏处是只见局部，此局部切换到彼局部，看不出阵形，不知昌盛之外藏了什么腐败，或平淡的周围正积酿着怎样的激情，更要紧的是欣赏欲望被摄像师的趣味控制，形同囚徒，只可在二十英寸的一方小窗中偷看风云变幻。很想再身临实地去看一回。上一回去体育场看足球是二十多年前了，那时腿还未残。

桑普多利亚队二次来京时，朋友们把我抬进了体育场。去之前心里忐忑，怕人家不让轮椅进，倒去平白葬送一个快乐的晚上。这担心是多余了，守门人把我看了一会儿，便亲自为我开道。朋友们抬轿似的抬我上楼梯时，一群年轻球迷竟冲我鼓掌，喊："行嘿哥们儿，有您这样儿的，咱中国队非赢不可！"

体育场里不认得了。过去的印象是除去一坪绿草蓬勃鲜明，四周则密麻麻灰压压都是规规矩矩的看客，自由唯不谨慎时才有所泄露。现在呢，球场就像盛装的舞台，观众席上五彩缤纷旗幡涌动，呐喊声、歌声、喇叭声……沸反盈天。第一个感受是，观众不再仅仅是观众，此乃一场巨型卡拉OK。

第二个感受是，"同志"这个渐渐消逝着的词儿于此无声地再现光辉。此处的人群与别处的人群大不相同，虽摩肩接踵难免磕磕碰碰，但进攻式的粗鲁没有，防御式的客气也没有，认识不认识的都像是相知已久，你一掏烟他就点火，甭谢，相互默契，然后开侃。侃的当然都是足球，侃者或儒雅或狂放，却都不把球场外的身份带进来，这儿只承认球迷的一份尊严与平等。是球迷吗？行，好样儿的，一家人，"先生""小姐"都太生分，是同志。虽"同志"二字并不发声，但我感到在人们未及发觉的心底，正是存在着这两个字。也许，“同志”一词原就是由这样的情境产生。这让我想起一九七六年地震时的情景，因为灾难的平等，使人间的等级隔膜一时消退，震后大家都曾怀念震时的人际关系，遗憾那样的美好何以不能长久。

二

那时是因为灾难一视同仁，现在呢？现在是因为真正的欢乐也须如此。狂欢，唯一视同仁才可能，唯期冀自由和庆贺平等的时刻才有狂欢。

我不大看得见绿草坪上正在进行的比赛，因为至少有八十分钟人们是站着看的，激动的情绪使他们坐不下来，所有的座位都像是装了弹簧，往下一坐就反弹起来。前面的一对年轻恋人不断回头向我表示歉意，就像狂欢的队伍时而也注意一下路边掉队的老人，但是没办法，盛典正是如火如荼我们不能不跟随着去呀。我表示理解。我也很满足。我坐在人群背后专心倾听，狂欢是可以听的，以听的方式加入狂欢。

人们谈论着，赞美着，笑着和骂着……我听出多数人并不怎么懂足球，或者说并不像教练员和裁判员们那样懂足球，但他们懂得那不仅仅是足球，那更是狂欢，技术和战术都是次要的，一坪绿草上正在演出的是如祭祀一般的仪式！黑衣裁判仿佛祭司，飞来飞去的皮球如同祭器，满场奔跑着的球员是诸神的化身，四周的人群呢，是唱诗班，是一路朝拜而来的信徒或众生。所以你不能仅仅是看客，你来了是来参加的。所以不能单是看，更要听，用心领悟，人们如醉如痴是因为听到了比球场更为辽阔的世界，和比九十分钟更为悠久的历史，听到了这仪式所象征的人的无边梦想，于是还要呼喊，还要吹响喇叭，还要手舞足蹈，以便一向要遏制或管束我们的命运之神能够为之感动，至于他感动了之后会赐给我们什么好处倒不是这呼喊所关心的，给或者不给那都一样，给或者不给，无边的梦想总要表达总要流传。

人需要狂欢，尤其今天。现代生活令人紧张，令人就范，常像让狼追着，没头苍蝇似的乱撞，身体拥挤心却隔离，需要有一处摆脱物欲、摆脱利害、摈弃等级、吐尽污浊、普天同庆的地方。人们选择了足球场，平凡的日子里只有这儿能聚拢这么多人，数万人从四面八方走来一处便令人感动，让人感受到一种象征，就像洛杉矶奥运会时的一首歌中所唱：We are the world。而在这世界上，当灾难休闲或暂时隐藏着，唯狂欢可聚万众于一心，于是那首歌接着唱道：We are the children。我们是世界，我们是孩子，那是说：此时此地世界并不欣赏成人社会的一切规则，唯以孩子的纯真参加进对自由和平等的祈祷中来，才有望走近那无限时空里蕴藏的梦想。

三

但是，强者的雄风太迷人了，战胜者的荣耀太吸引人了，而且这雄风和荣耀必是以弱者和失败者的被冷落为衬照，这差别太刺激人了，于是人很容易忘记聆听（谛听和领悟），全副热情都掉进那差别中，去争夺居强的一端。争夺的热情大致基于这样的心理：在诸多的国家中我在的国家是最强的，在诸多的城市中我居住的城市是最好的，在诸多的民族中我属的民族是最优秀的，甚至于在诸多朝圣的路途中我的路途是最神圣的。这样的心理若是只意味着战胜自己，也许本来不坏，但是，对荣耀的渴望使人再也听不见无限时空里的属于全人类的危惧和梦想，胜利仅仅在打败对方的欲望中成立。梦想从无限的时空萎缩进人际的输赢，狂欢就变成了彻头彻尾的争夺，那时“同志”忽然就被“立场”取代。在“同志”被“立场”取代的地方（不管是明着还是暗着），便不再有朝圣的仪式，而是战争的模型了。

我想起“文革”中的一些惨剧，大半是由立场做着前导；明知某事是假是恶是丑，但立场却能教你违心相随或缄口不言，甚而还要忏悔自己的立场不坚定。不不，立场和观点决然不同，观点是个人思想的自由，立场则是集体对思想的强制。立场说穿了就是党同伐异，顺我派者善，逆我派者恶，不需再问青红皂白。否则为什么要有“立场”这个词呢？尤其是“观点”一词并不作废的时候，立场究竟是要说什么呢？是说相同观点的人要站到一起来吗？首先，相同的观点因其相同不是已经站到一起来了么？再强调站到一起来是什么意思？其次，观点并非永远不变，相同一旦变成不同是否就要以立场的名义施之惩罚呢？若非如此，就真想不懂立场为什么不算是一句废话？记得“文革”时代有一首童谣：我们都是木头人，不许说话不许动，看谁立场最坚定。这可真是童言无忌道破天机。奇怪的是这童谣在当时怎么没有被划作反动言论，想来绝不是“四人帮”之流的疏忽，而是在他们看来这正是立场的本意。

立场怎样不知不觉地走进人间，也就怎样神鬼莫察地进了足球场，此一方球迷与彼一方球迷的大打出手、视若仇敌便屡见不鲜。我们是世界，变成了：我们是国家，我们是民族，我们是帮派，我们是我们，你们他妈的是你们。我们是孩子，则变成了：我们是英雄，我们是好汉，你们他妈的算是什么玩意儿？

本没有谁一心去做孬种，或号召大家争当败类。值得担心的倒是“英雄”“好汉”的内涵不清，倘英雄主义糊里糊涂地竟认同起暴力来，肯定不会有好局面送给人间。狂欢精神一旦散失，便特别危险地要蜕变成狂热，勇猛和不屈都来不及对着生命的困惑，而要顺理成章地杀向异己的人类了（比如网球明星塞莱斯的被刺）。“立场”这个词把我们害着，把足球以及所有体育比赛都害着，把足球场里和地球上面的英雄害着，把狂欢精神和神圣之域也害着。

神圣之域尤其是不需要宣扬立场的。神圣并不蔑视凡俗，更不与凡俗敌对，神圣不期消灭也不可能消灭凡俗，任何圣徒都凡俗地需要衣食住行，也都凡俗地难免心魂的歧途，唯此神圣才要驾临俗世。神圣只是对凡俗的救助和感召，在富足或贫困的凡俗生活同样会步入迷茫、同样可能昏昏堕落的时候，神圣以其爱与美的期念给我们一条无尽无休的活路。

四

埃斯科巴（哥伦比亚足球队 2 号，后位）在“世界杯”后的惨死，是足球史和体育史上旷古未见的灾难，是所有球迷及全人类都该深思的。埃斯科巴的惨死，很像马尔克斯的一篇著名小说的标题，是“一场事先张扬的凶杀案”。所谓事先张扬，并不单指几个歹徒先期发出了威吓，而是说，这场凶杀早已在狂欢精神退出足球场时就已经张扬开了。而地球上的一切战争、不义和杀戮，大约也都是这样张扬开的。

狂欢精神丢失了，甚至兴趣也不在足球的技艺上，狂热去投奔哪儿呢？毫无疑问也绝无例外——去投奔战胜者的荣耀。

但是，鲜花、赞美、崇拜都向着战胜者去，失败者一无所有。已经说过，这差别太刺激人了，刺激的结果必是愤恨产生。狂欢精神的丢失，其不妙并不直接表现在战胜者的志得意满，而是最先显露于失败者的愤恨不平，尤其这愤恨并不对着神圣之域的被污染，而是由于自己的遭冷落，这愤恨便要积蓄到失去理性。屡屡的失败而且仍然忘记着聆听，看着吧，坏孩子的脾气就要发作。他本来想的是我是最好的，我们是最好的，你们他妈的算是什么东西？可是现在怎么一切都颠倒了呢？被惯坏的孩子就要闹脾气，像北京话里说的要“耍叉”了，不讲理了，要在球场之外去寻报复了，要不择手段地去占住那居强的一端。

这样“耍叉”的孩子，常常也声称不欣赏现实世界的规则，但是留神，这与狂欢精神绝不一样，狂欢是在祈祷全人类的自由，“耍叉”的孩子是要大家都来恭维他和跟随他的主义。也可能他的主义是好的，但也可能他的主义是坏的呢？

五

所以，不如“少谈点儿主义，多研究点儿问题”，让所有的观点都有表达的机会，旗倒不妨慢举。并非不可以谈主义，但主义之前（或大旗之下）最好先有问题的研究，比如说：英雄和神圣都是什么含义呢？再比如：“做人要有尊严”这句话其实什么都没说，因为什么是尊严呢？以及怎么维护这尊严？

成功者就一定是英雄，或者反抗者就一定是英雄么？神圣就是轻物利，或者退避红尘独享逍遥？尊严呢，是否单靠一副傲骨，或随时都警惕着一条测量他人冷热的神经？当然不这么简单。比如爱是神圣的，但爱是怎么回事似乎一向还是问题。有一种意见说：爱就够了，不必弄什么清楚。可是不清楚又怎么知道就够了呢？除非是自己够了，但这就又回到废话上。人民也是神圣的，但这样的大旗谁都能打着，贪污和行霸也用得着。不过有时也简单，比如“你们他妈的算是什么玩意儿”，此言一出即可明白，言者离英雄还远，那很像是自慰的一条计策（阿Q做证），而尊严，却在自以为维护的同时毁坏。所以，研究的项目还多，不忙举旗。

不说成功者。因为谁都不大可能永远不碰上失败。说反抗者。足球场上有好几种反抗者。一种已被红牌罚出场外，没什么说的了。一种在场外寻衅施暴，有法律管他，不说也罢。还有一种，以零比九落后着，而且比赛已经到了第八十九分钟，这不是篮球是足球啊——就是说输定了，但十一个反抗者却仍全心全力地踢着，忘生忘死地奔跑，他们的目的从来就不狭隘到只要求战胜对方，他们知道零比九和九比零都是那仪式中的一项启示，生命之途上的一步路程，而每一步路程的前面都是一样的无限——无限的困境和无限精彩的可能，这才是英雄的反抗者吧。尤其这时，如果九比零领先的一方也有如此领悟，不傲不怠，知道人际的胜负实属扯淡，此十一人与彼十一人都是困境的反抗者和精彩的体现者，这时，狂欢精神就全面地回来了。已经开始退场的球迷不是真正的球迷，他们看不见是什么回来了，而依然呐喊或呆望着的球迷是神圣的球迷，他们知道。

零比九是一个夸张。

但狂欢精神是怎样回来的？从哪儿经历了什么才回来？如果它回来了，必是因为这样的发现：我们是世界，我们是孩子，我们是注定的困苦和注定的爱与美的祈盼。

六

说到精神的胜利，人们马上会想起阿Q，似乎那是未庄这一位农民的专利。真是天大的误会。其实哪一种胜利不是最后落实在精神上呢？单单落实在物质上的胜利倒要狭隘得多了。精神胜利者并不都是阿Q，因为并非人人都把赖头疮去做胜利的基础，更不为自己的蚤子比王胡的小些而愤愤。

不久前的“美洲杯”上，巴西靠“上帝之手”赢了阿根廷，赛后记者就这个球去问巴西队的感想，巴西队里竟有人说“去问他们的马拉多纳吧”，意思是说鼎鼎大名的马拉多纳也曾靠一个手球，为阿根廷队淘汰过英国队。我一向是巴西队的球迷，不因其冠军得的多，而因其把足球踢得潇洒美丽出神入化，但这一回真让千里万里之外的这一个巴西队的球迷为之羞愧。“上帝之手”有时难免，但上述回答真是有点儿阿Q的心理了。

这便想起足球场上还有一种反抗者，他们怎么也不能镇静地面对失败。他们的球队是最好的球队——这是他们立场的前提，不容怀疑也不容讨论的，于是失败就只好归咎到裁判头上去。毫无疑问，对裁判的错误应当揭露。但是这一种反抗者对裁判的错误一般采取两种截然相反的态度：利于对方则暴怒，利于自己则窃喜，暴怒时他们要问公理何在？窃喜时他们心想彼此彼此什么他妈的公理？这真正是矫情。

矫情的结果是并不能让自己进步，贬损对方吧，又不真能使对方溃退，想来想去还是那个裁判讨厌。但是把那个讨厌的裁判骂也骂过了，形势仍不乐观。于是便时有贿赂裁判的事件发生，这倒是未庄那一位穷汉未及学成的计策。

文学界经常也能看见这样的矫情，总也盼不到赞誉和畅销的时候，便去骂“评论家”和读者，或者转而去贿赂他们，当然不是用金钱，而是用文思（或文风）向“评论家”和市场靠拢。雄心再大一些的则去化验获诺贝尔奖的丹方，说是得有这一味得有那一味中国人才可能获那大奖，少了这一味缺了那一味则是皓首穷经也必名落孙山的。结果弄得人无所适从，翻箱倒柜找故事，掘地三尺挖古董，中西大菜满汉全席都上了桌，还是无济于事。怎么回事呢？很可能就在忙着化验他人之丹方的时候，把自己最重要的东西丢了：心魂。而那里面才是无限的辽阔，无穷的丰富，有不尽的创造的可能呀。其实文学和足球一样，根本是在困惑和狂欢时的聆听，立足于地而向苍天的询问，魂游于天而对土地的关怀。奖者，一种有趣的标记而已。对于真正的球迷，零比零的结果并不表明九十分钟的无味或多余。

七

如果我是外星人，我选择足球来了解地球的人类。如果我从天外来，我最先要去看看足球，它浓缩着地上人间的所有消息。

比如人对于狂欢和团聚的需要，以及狂欢和团聚又怎样演变成敌视和隔离，这已经说过。再比如它所表达的个人与群体的相互依赖，二十二个球员散布在场上，乍看似无关联，但牵一发而全身动，那时才看出来，每一个精彩点都是一个美妙结构的产物，而每一次局部失误都造成整体意图的毁灭。比如说，它的变化无穷正好似命运的难于预测，场上的阵势忽而潮涌忽而潮落，刚还是晴天朗照，转眼却又风声鹤唳，每一个位置都蕴含着极不确定的动向，每一个人都具“波粒二重性”，每一个点和每一个点之间的关系都有无限的可能，真正是测不准，因而预测足球的胜负就像预测天气变化一样靠不住，一个强队常常就被一支弱旅打得一败涂地，这在其他比赛中是少见的。又比如它的胜败常具偶然性，你十次射门都打在门柱上，我一次捡漏就置你于死地。而射在门柱上的那个球，只要再往里偏一公分就可能名垂球史，可这一公分其实就由于气流一阵细微的改变。那一次捡漏呢，则是因为对方的跑位也只差了一公分，这一公分的缘由说不定可以从看台上一位妙龄少女的午餐中去找。谋事在人成事在天，智者千虑也把捉不住偶然性的乖戾，于是神神鬼鬼令人敬畏。这都与我们的命运太相似了。接着，外星人还可以在这儿受到法制启蒙，他会看出要是没有那位黑衣法官，这球赛就没法进行，他尤其会看出在诸条规则中不准越位是最根本的一条，否则大家都去门前等着射门，地球上就可能只剩下溜门撬锁的小偷和蒙面入室的大盗了。外星人还能在这儿看见警察（星星点点散布在各处），认识官员（稀稀落落坐在主席台上），了解商业（四周的广告牌），粗通建筑（钢筋水泥的体育场），探知艺术的起源（看台上情不自禁的歌舞），发现贫富之别（票价不同因而所占位置各异），发现门派之盛，相互间竟至于睚眦必报、拳脚相加、水火难容……总之，几乎人间所有的事物在这儿都有样品，所有的消息在这儿都有传达。

这个与人间同构的球场，最可能成为人间的模型或象征，刺激起人的种种占有欲，倘占有落空，便加倍地勾引起平素积蓄的怨愤，坏脾气就关不住闸门。爱的祈望并不总比恨的发泄有力量。如果地球世界的强权、歧视、怨恨和复仇依然长寿，当然足球世界就最易受到浸染，足球场上就最易出现殴斗和骚乱。

八

也许外星人最后还会看出一件事：在足球和地球上，旗幡林立的主义中，民族主义是最悠久也最坚固的主义，是最容易被扇动起来的热情。

坐在看台上，我发现我的热情也渐渐地全被立场控制，很难再有刚一进来时的那种狂欢的感动，也顾不上去欣赏球艺，喜与忧全随着中国队的利与不利而动。只要中国队一拿球便是满场的喝彩，只要意大利队一攻到禁区便是四起的嘘声。这无可厚非。但是这样的热情进一步高亢，殴斗和骚乱就都有了解释。这样的情绪倘再进一步走出足球场，流窜到地球的各个角落，渗透进人类诸多的理论和政策中去，冷战、热战还有“圣战”也就都有了根据。

民族主义其实信奉的是“老子天下第一”，“老子”难免势单力薄，明摆着不能样样居强，这才借了“民族”去张扬。但若“老子”的民族也不能样样居强呢，便又很容易生出民族自卑感，自卑而不能以自强去超越，通常的方略就是拉出祖宗的光荣来撑腰，自吹自擂自欺自慰都认作骨气。其实，这样的主义者看重的也一定不是民族，倘自家闹出争端，民族也就无足轻重。不信就请细心注意，一到了没有外族之时他就变成地方主义，一到了没有外地之时他就变成帮派主义，三人行他提倡咱俩，只剩下咱俩事情就清楚了：我第一，你第二。

当然你不能不让谁认为自己正确和坚持自己认为的正

确，（他说不定真就是天下第一呢？）但正确得靠研究的结果说话，深厚的土地上才是插牢一面大旗的地方。比如说“把什么和什么开除出文学正堂”，但是，由谁来圈定正堂的方位呢？开除一事又该由谁来裁决？恐怕谁都不合适。“正堂”和“开除”都在研究问题的气氛中自然发生，就像人们自然会沐浴清泉而排除污水，绝非可以毕其功于一面大旗的。

其实我们从幼儿园里就受过良好的教育：诚实，谦虚，摆事实讲道理。我们在学校里继续受着良好的教育：以他人之长补自己之短。怎么长大成人倒变糊涂？是的是的，这世界太复杂，不可不有一点儿策略，否则寸步难行。但这不应该妨碍我们仍然需要看清一个真理：无论是民族还是主义，也无论是宗教还是科学，能够时时去查看自己的缺陷与危险的那一个（那一种）才有希望。

九

但是，谁总能那么冷静呢？况且，大家若一味地都是沉思般地冷静着，足球也不好玩，日子也很难过。不让激情奔涌是不行的，如同不让日走星移四季更换。不是足球酿造了激情，是激情创造了足球。激情是生之必要，就像呼吸和睡觉，不仅如此，激情更是生之希望，是善美之途的起步。

但是，什么才能使这激情不掉进仇视和战争呢？（据说，南美有两个国家曾因足球争端引发过一场真刀真枪的战争。）是苦难。不管什么民族和主义，不管怎么伟大和卑微，都不可能逃开的那一类苦难。

我又回忆起一九七六年地震时的情景，那时的人们既满怀激情又满怀爱意，一切名目下的隔离或敌视都显出小气和猥琐，唯在大地无常的玩笑中去承受生死的疑问，疑问并不见得能有回答，但爱却降临。只可惜那时光很短暂。

看来苦难并不完全是坏东西。爱，不大可能在福乐的竞争中牢固，只可能在苦难的基础上生长。当然应该庆幸那苦难时光的短暂，但是否可以使那苦难中的情怀长久呢？

长久地听见那苦难（它确实没有走远），长久地听见那苦难中的情怀，长久地以此来维护激情也维护爱意，我自己以为这就是宗教精神的本意。宗教精神当然并不等于各类教会的主张，而是指无论多么第一和伟大的人都必有的苦难处境和这处境中所必要的一种思索、感悟、救路。万千歧途，都是因为失去了神的引领。这里说的神，并非万能的施主，而是人的全部困苦与梦想、局限与无限的路途，以及零比九时的一如既往和由其召唤回来的狂欢。

1995年9月6日

10月10日再次修改

私人大事排行榜

这半个世纪留给了我们些什么？你能说出这半个世纪对你而言的一件或十件大事吗？当然，当你收到这份组稿函时，你就已经知道了这里所谓的“大事”，纯粹是就个人的思想经历而言的。

——引自《1999 独白》组稿函

一

于我而言，本世纪下半叶的头一件大事，自然是我的出生。因为这是一切于我而言的经验和意义（包括“本世纪下半叶”这样一个概念）的前提，是独白的不容商量的出发点。

由于我的出生，世界开始以一个前所未有的角度被观察，历史以一个前所未有的编排被理解，意义以一次前所未有的情感被询问。尽管这对他人来说是一件微乎其微的小事，对历史来说是一个完全可以忽略的小小颤动，但那却是我的全部——全部精神际遇的严峻。佛家有一说：杀一生命，等于杀一世界。那么，一个生命的出生也就是一个世界的出生了，任何个人，都是独一无二的世界。

有一年，由报纸传来了一个消息：地球上已经活着五十亿个人了。我不曾计算这是第几件，但是我立刻相信这是一件大事：五十亿个世界中有多少被忽略的严峻呢？但可以肯定，五十亿个世界之间，有着趋近无限的相互沟通的欲望。

二

沟通的欲望，大约可算作第二件大事。当出生不由分说地把我局限在纷纭历史和浩瀚人群中的一个点上以来，我感到，我就是在这样的欲望中长大的；我猜测别人也会是这样。

我说“大约可算作第二件大事”，是因为我预料这可能还是最后一件大事：这个欲望会毫不减弱地跟随我，直到生命的终点。

然而，沟通的欲望，却暗含了沟通的悲观处境：沟通既是欲望和永远的欲望，这欲望就指示了人之间的阻障和永远的阻障。人所企盼的东西必不是已经成为现实的东西，人之永久的企盼呢，当然就表明着永久的不可实现。

不久前我参加了一次文学讨论会，题目就是：“沟通，……”但就在这样一个美好的题目下，语言这个老奸巨猾的魔术家（抑或水性杨花的风流娘们儿）略施小计，就把一群安分与不安分的作家搞得晕头转向。我看见：语言的阻障，就像语言的求生一样坚强。我听见：同操汉语的讨论者们，谁也没有真正听懂谁的话，在几乎每一个词上都发生不止一个误解。我感到：这些误解是解释不清的，至少我不知道怎样才能解释清楚，因为在解释的过程中，你不得不又去求助那些狡猾的语言，继续繁衍同样多的误解。那一刻，我对语言甚至有了鲁迅先生对阿Q的那种情绪：哀其不幸，怒其不争。

确实，人一直是在解释的路上，且无尽头。事实上，未必是我们在走路，而是路在走我们，就像电路必要经由一个个电子元件才成其为一个完整的游戏。上帝在玩其莫测高深的“电路”，而众人看那游戏，便有了千差万别的指向或意味。写作（或文学）自然也就是这样，唯一可能的共识就是这条路的没有尽头，而每个路口或路段都是独特的个人的命运，其不可替代性包含着相互不可彻底理解的暗示。

沉默就常常是必要的。沉默可以通向有声有形的语言所不能到达的地方，就像浪，舒缓下来，感悟到了水的深阔、水对浪的包容、水于浪的永久的梦想意义。

三

因此梦想成为第三件大事。但绝不是说梦想是第三等大事——好比排在元帅之后的上将，不，梦想也是元帅，第三位元帅倒可能是最能征善战的一位。

沟通，在现实那儿不受重用，便去投在梦想的麾下。

想一想，人可能实现的事物都有什么呢？无外乎衣食住行、生老病死、劳作与繁衍。而这一切，比如说荒野上的狼群和蜂族也都在一一执行，代代相传。一旦破出这个范围，则必发现：已是在梦想的领地。想一想吧：果腹之后的美食，御寒之外的时装，繁殖之上的爱情，富足之下的迷茫，死亡面前的意义，以及眺望中的远方，猜测中的未来，童年的惊奇与老年的回忆……人更多的时候是在梦想里活的。但人却常常忘恩负义，说梦想是最没有用处的东西。“做梦！”——这不是斥责便是嘲讽，否则是警告。但是，倘无梦想——我曾在另外的地方写过类似的话——人又是什么呢？电脑？机器？定理？程序？布设精确的多米诺骨牌？仪态得体的五十亿蜡像？由于电脑的不可一世，我们终于有机会发现，人的优势只有梦想了。有了梦想，人才可以在无限的时空与未知的威慑下，使信心得着源泉，使未来抱住希望，使刻板的一天二十四小时有其变化万千的可能。简而言之，它有无限的未知，我有无限的知欲；它有无限的阻障，我有无限的跨越阻障的向往；它是命定之规限，我是舍命之狂徒。这就是可尊可敬的梦想，是梦想可以欢笑的理由。

在没有终点的路上，可否说，沟通（以及一切属于精神的向往）已在梦想中实现了呢？但不是实现了，而是实现着。永远地实现着，不是更好么？我时刻感到，梦想是人生唯一乐观的依仗，尽管你也可以说这里面藏着无可奈何的因素。但是若问：梦想终于把我们送去何处？这就显得有点儿智力迟钝，它既无终点，当然是把我们送去对梦想的梦想，送去对梦想的爱戴与跟随。

四

关于梦想的意义，没有谁比加斯东·巴什拉在其《梦想的诗学》（刘自强译）中说得更好。我信手拣几句抄在这里（抄它，本身就有一种梦想的快乐）：

▲ 面对真实的世界，人们能在自己身上发现那忧

虑的本体存在。那时他们感到被抛到世界上，被抛到消极无人性的世界里，这时的世界是杳无人性的虚无。这时，我们的现实机能使我们不得不去适应现实，不得不把自己作为某种现实建立起来……但是梦想就其本质而言，不正是要把我们从现实的机能中解放出来吗？

▲ 由于非现实机能的巧妙性，我们通过想象回到信任的世界，有自信的生存世界，梦想固有的世界。

▲ 爱是两种诗情的相逢，两种梦想的融会……两颗孤独心灵的梦想滋润着温馨的爱情。一位对爱的激情持现实主义态度的人在爱情的表达中只能看到一种窠臼。但是伟大的激情仍然从伟大的梦想产生。如果将爱情与其整个非现实的性质相分离，那么爱情的现实性便会被破坏殆尽。

▲ 童年持续于人的一生，童年的回归使成年生活的广阔区域呈现出蓬勃的生机。……当梦想为我们的历史润色时，我们心中的童年就为我们带来了它的恩惠。必须和我们曾经是的那个孩子共同生活……从这种生活

中人们得到一种对根的认识，人的本体存在这整棵树都因此而枝繁叶茂。

▲ 记忆是心理的废墟，是回忆的旧货铺。应该重新对我们的整个童年进行想象。在重新想象童年时，我们有可能在孤独孩子的梦想生活本身之中再发现这一童年。

▲ 因此，让我们不按数字去梦想，梦想我们的青年时代、童年时代。啊！这些时代已经远去！我们内在的千年如此古远！那属于我们的、在我们身心中的千年，几乎行将吞没先于我们的存在！当人深入梦想时，会永远无休止地开始。

▲ 对宇宙的梦想使我们离开有谋划的梦想。对宇宙的梦想将我们放在一个天地中而不是一个社会里。……那会是一种心灵状态……那是整个心灵与诗人的诗的天地的全盘表露。

▲ 想象力致力于展示未来。它首先是一种使我们摆脱沉重的稳定性羁绊的危险因素。……这些遐想拓宽

了我们的生存空间，并使我们对宇宙充满信心。

是啊，尽管很快乐，但是不能再抄了，否则这篇文章到底算是谁写的呢？——这是一个挺无聊的现实概念，但你不能不记住它，因为我们不得不把自己作为某种现实建立起来。

五

电脑是一件大事吗？暂时还不是，它还只是一种很好用的小机器。但它将来也许是，倘其也有了梦想那才真正是一件大事。要是它有一天梦想着消灭人的梦想，试图与我们调换一下位置，那才是一件可怕的大事。它又吟诗又作画又谈情说爱，而我们待在一个小箱子里被标明型号被叫做“信息高速公路”，那事儿可就大了。我们叽叽吱吱地在地上跑，叽叽吱吱地在天上飞，叽叽吱吱地在太空中传递，被压扁成为图像，被抻长成为数据，被拷贝得千篇一律，被贮存得规规矩矩，被调动得奴颜婢膝，然后我们损坏，过时，成为有害的垃圾去污染上帝的田园……

不见得没有这样的危险。

记不得从本世纪下半叶的哪一天起了，信息成千上万倍地增殖，成千上万倍地加速，在人的大脑里占据越来越多的空间，广告词顶替着儿歌，股市情报充当起神话，童年成了游戏机的赞助人，晚年成了电视机的守望者，而人们还在喜气洋洋地奔走相告："信息就是财富"，"未来的天下乃信息之天下"，"谁占有的信息越多，谁就越是这世界上的强者（强国，强族，强商，强集团，强男人与强女人）"。这样下去，生性好强的人们，为什么无限的信息不可能把你们有限的大脑占满呢？凭什么去指望它们善良厚道，不把你们的梦想删除，不把你们生命的神奇篡改呢？

危言耸听！

——很高兴听见这样的呵斥。为了它永远有理由遭此呵斥，本世纪下半叶的大事记中，应该保留这类耸人听闻的危言。

事实上那类很好用的小机器已经开始不把我们当人了。

比如：它们才不想把体育奉为人之梦想的仪式呢，它们才不想把艺术辟为心之沟通的无限机会呢，它们只想把我们好歹归置进程序里去，发射到利润里去，把歌星、影星、体育明星一律推行为广告的宿主。据说猴子是因为懒怠下树而终未取得做人的机会，我常猜想：耗子呢？耗子准是因为被信息挤掉了梦想而将做人的机会得而复失的。耗子们，无论攫食、安居、衍子、预警、备荒、避险、扩张……其能力之高妙，不能不使人相信它们有着卓越的信息交通，与人相比它们只是搞丢了梦想（鬼知道丢到哪儿去了），故而它们一味盯住地上，从不看天一眼。

六

因而想到一件事，不知算大算小。有一回我冲口说出：人与人的差别大于人与猪的差别。在场的人撇嘴或喷饭，嘲笑：这不过是一个无聊的调侃。我一时糊涂，也就犹豫。当时我真该多想一想：此一相信与彼一嘲笑之间的差别，或此一无聊与彼一英明之间的差别，难道是人与猪之间可能有的差别？这岂不正是我之相信的剀切证据吗？我绝没有想说谁是猪的意思，也许倒是我长了一份猪脑子。

大约没有人会反对：人与猪的差别，根本在于人思想，猪不思想。至于其他官能，人与猪则大同小异。（听说，已有人试图把猪的、除大脑以外的器官往人身上移植了。我感觉他们终会成功。）那么就是说，只要能证明思想与思想的差别大于思想与不思想的差别，也就证明了人与人的差别大于人与猪的差别了。可这还需要证明吗？不思想的猪固定为人间的一道大菜，而思想却是思想永远摸不透的邻居，人才是人的无常处境。举个例子：人喂猪，猪顶多以为那是爱它，绝不会有人的灵动，猜这未必不是个圈套。猪以其肉喂人呢，猪唯遭一回惊吓或抱一阵冤屈，断不会生出“奉献”之豪情或“苦肉”之诡计。再举几例：你想绕过一面墙，绕就是了，目测好它的长宽高不去碰它就好，它以其长宽高表明它对你的全部阻碍，绝不至于中途变卦。你想躲开一棵危然欲倾的树，只要看明它倾倒的方向即可以平安，不必像逃避一条人间的大棒，到底搞不清它从上下左右何处下手。如是等等。

这当然不是说，我就相信人不如猪好，进而发“当人不如当猪”的牢骚。我只是说，人之复杂的欲念，乃由上帝之复杂的嗜好所牵动，绝非人的自以为足够复杂的智力可以全知，别以为有什么伟大的公式、主义或旗手，可以令其交出全部秘密。老子——我以为那是他在表扬人的时候——说：知不知为上。浪漫些想：若在天国的动物园，有一栏叫做人的生物展出，诸神会否送给他们一个俗称呢？如果送，料必就是这“知不知”，相仿于麋鹿的俗称是“四不像”。

但是，听“知不知”们讨论起随便什么问题（比如文学）来，你又会觉得，单此一个“知不知”远不够概括这一物种的特点，完全有必要在（王朔先生已经留意到的）写有“动物凶猛”的地方，换上尼采先生的发现：权力意志。确实，其凶猛盖由于此。因为，你慢慢听吧，那里面常常只有一句话：（文学，或者随便什么）当如此，不当如彼，如此者当助其昌隆，如彼者则莫如早早扼其于摇篮。当然，人有这样自由地思想与表达的权利，但幸好止于权利，倘变成权力呢？尤其要是在灿烂的旗帜上飘舞呢？

这样的时候，我就更加地相信了：人与人的差别大于人与猪的差别，以及这样一种警醒多么有益于心情的健康。

文思之不同，恰如命运之大异，怎么能把它们捆到一条路上去呢？你比上帝高明吗？潇洒一生的人看不懂坎坷一世的心，屡屡遭殃的命进入不了好运频逢者的联翩妙想，人之间有着无形的永固的墙。人们都是在一条条无形且永固的巷子里走，大多时候，其情其思隔墙隔巷老死难相往来。世界真大，墙与巷多到不可计数。世界其实小，谁若能摸住三五面墙走进三五条巷也就不坏。这世界真是很糟糕吗？但上帝造它时，看这是好的，才这样成了。上帝却让通天塔不成，这肯定是一个伟大的寓言：人的思路一旦统一，人就要变成魔鬼手中的小机器了。这大约，不，这肯定是上帝与魔鬼的一次赌博：上帝说他创造的是一场无穷无尽、美不胜收的舞蹈；魔鬼说不，你等着看我怎么把他们变成一群呆头呆脑、丑不堪言的小玩偶吧。

七

有两件似乎很大的事，我百思而终未得到哪怕稍稍可以满意的回答。

其一：人应该更崇尚理性呢，还是更尊重激情？（最勇敢可爱的，到底是哪一个？啊，山楂树呀，请你告诉我。）最好是鱼与熊掌兼得——但这不是回答。理性之为理性，就因为它要限制激情，继而得寸进尺还会损害激情、磨灭激情。激情之为激情，就因为它要冲破理性，随之贪得无厌还要轻蔑理性甚至失去理性。（山楂树下统共这么两位可爱的青年，你到底要哪一个？）但是你抛弃哪一个似乎都不可能，首先（姑娘啊）你忧郁地想念（他）它们，这就是激情；其次，你犹豫不决地选择，这就是理性。是呀，没有激情，人原地不动地成了泥胎，连理性也无从发展；丧失理性，人满山遍野地跑成兽类，连激情的美妙也不能发现、不能享受。这便如何是好？我想：姑娘她这么苦着，真是理性的罪行，否则她闭上眼睛去山楂树下摸一个回来，岂不省事？我又想：姑娘她这么苦着，实乃激情的作恶，否则她颈上套一串珠子远远地躲开山楂树，不就结了？或者我还想：这完全是那两个青年的责任，他们为什么不能有一个坚具理性慨然告退，而另一个饱富激情冲过来把姑娘抱回家去！——但这无论是对姑娘，对两个青年，还是对我自己，都像是什么也没回答。

其二：人应该保留欲望呢，还是应该灭断欲望？不要欲望，亿万泥胎实际就已经掉进魔鬼的陷阱，甚至比这还要糟。鸟不叫云不飞，风不动心不摇，恶行灭尽善念不生，没有欲望则万物难存，甚至宇宙也不再膨胀，那是什么？有一种说法：那是一种凡夫俗子无从想见的美妙世界。——但是，这已经动了欲望，不过更为奢侈些罢了。看来还是得大大方方地保留欲望。可是，欲望不见得是一种甘于保留的东西，欲望之为欲望，注定它要无止境地扩展。但是，看看河流已经让它弄成了什么吧，看看草原、森林、海洋、土地和空气……都让它作践成了什么，地球千疮百孔空乏暗淡已经快被榨干了！那么，保留欲望同时限制欲望，如何？啊，这是不是又回到“其一”的逻辑里去了？限制的边界划到哪儿，划到什么地方什么时间？就是说欲望，应该到什么地方停下，什么时候截止呢？止以后呢，咱们干吗？咱们可不是一群傻瓜，能把一件玩具来回来去玩上一辈子。咱们总是要看看边界（不管什么边界）之外的奇妙。看看就够了？不行，还要拿来。拿来就够了？不行，我们总是看见边界就总是想越过边界。有人说：远游或探险，与窃盼外遇同出一源。又有俗话：男人不坏，女人不爱。真是真是，谁会爱一个没有好奇心、想象力和创造欲的呆子呢？呆子不坏但不可爱，聪明的家伙可爱但可能坏，女人们的这份难处很像上帝的难处：把地球给泥胎去做花园呢，还是请欲望横生的人们去把它变成垃圾站？

八

我以为我终于听懂了人性恶。

说“人之初性本善”，恶行都是后天土壤的教唆，这很像是说种瓜得豆，种豆得海洛因。人性恶，当然也并非是说人这种坏东西只配铲除，而是说人性中原就埋着险恶。

还说“权力意志”吧。陈鼓应先生宁可把它译为“冲创意志”，认为尼采的本意是指人的创造力，而不是指世俗的权力，并引了尼采的原话，证明他是蔑视权势的。而章国锋先生相信还是“权力意志”译得正确，说尼采认为“权力意志是一种无法遏止的追求权力和占有的欲望，存在于世界万物之中，是世界的本质和存在的基础”。说“事实上，尼采所说的权力不仅指世俗权力，更重要的是指精神权力，即在精神上压倒、征服别人，从而取得控制、支配、统治别人的权力”。尼采的原意到底是什么，当是专家的讨论，我没有资格做判断。但我注意到了章国锋先生的这一句话：“维持生存、追求发展和渴求控制异体是权力意志的两种本质。”我倾向这句话。于是想到：我们赞美梦想，崇尚创造，同时提防欲望，但梦想、创造和欲望实为一母同胞。我虽然相信尼采的原意是要鼓动人的创造与超越，但“冲创”的本性中肯定携带了“权势”的基因。

记得诗人西川有一首诗，写笼中之豹的美丽生动，我已记不住原句，但我记住了那很像是人性的注脚与警示：绚耀的皮毛，浪动的脚步，警敏的眸光贮满勃勃生气，但是别忘了铁栏——千万别忽略它。唉，我们如何走去那美丽与生动呢？要么把它关进笼中，要么把自己关进笼中，走近它，中间隔着铁栏，去看它，赞美它和倾向它。否则，我们若不想成为猎物，就只好去做杀手。

战争的概念，绝不限于刀枪与火药、导弹与核武器——比这悠久并长命的战争是精神的歧视、心灵的戕害。陀思妥耶夫斯基的《地下室手记》中的那个“我”，即这类战争的受害者与继承人。本世纪末，有“话语霸权”的消息传来，有新一轮的反抗热情兴起，但慢慢听去，都还是来自“控制异体”的古老恨怨。

九

于是我又碰见一件想不大懂的大事——“价值相对

主义”。

是呀，如果价值真理是绝对的、独尊的，它一向都应该由谁来审查和发布呢？霸主的宝座虚位以待，众人有幸可以撞上一位贤哲，倘事不凑巧，岂不又在魔鬼掌中？何况——“价值相对主义”说——真理压根儿就是：此一时也彼一时也，此一地也彼一地也，或时过境迁，或入乡随俗，绝难以一盖全。譬如：西方有西方的价值理想，东方有东方的传统信念，凭什么要由你或者他说了算？可是我却总也想不明白：西方是谁？东方又是谁呢？西方有很多国度有若干亿人，东方也有很多民族有若干亿人，一国又有若干省，一省又有若干市、县……如此仔细地“相对”下去，只好是每人一面旗，各行其是去吧。

我有时觉得应该赞成这样的主张。每个人有每个人的梦，本来就是别人管不了的事。每个人有每个人惬意的活法，本来就不该遭受谁的干涉。每个人有每个人的爱情，虽可能有失恋的苦果，但绝不容忍谁来包办一份“甜食”。但我又想，这肯定行不得长久。孤独的旗上早晚还要飘起沟通的渴望，便是玄奥的禅语，不也还是希望俗众悟出其公案的含义？各行其是的人们呢，终于还会像最初那样谋求协作，但协作必要有规则，而规则的建立能不赖于价值的共识？

人呀，这可是在上帝的园中跳那永恒的舞蹈呢？还是中了魔鬼的符咒，在宇宙中这块弹丸之地疯牛一样地走圈儿？

十

大事很多，愚钝如我者，没弄懂的、弄不懂的，以及没弄懂而自以为弄懂了的大事就更多。但按“排行榜”的惯例，以十为限。那就把最后的机会用以说明：在各种大事上，我是乐得让别人开导一番乃至教训一顿的。当然这不意味着盲从，在没听懂别人的意思之前，我还得保留自己的糊涂，总也听不懂呢，就只好愚顽不化——这像是没有第二种逻辑可供替换的事。跟好多人一样，我是想说话的，想说自己想说的话，也想听别人的话，甚至想听自己不喜欢的话。我很可能既是一个“价值相对主义者”，又是一个“非价值相对主义者”。比如：爱情，这件事我固执己见，不听外人劝告，我相信劝告者并没有弄懂我是怎么一回事，否则他就不会劝告。再比如：还是爱情，这件事你又不能一意孤行，必得听懂对方的意思，倘对方说“请你走开”，而你偏闭目自语“这不是我的习惯”，岂不是要把一番好意弄成了性骚扰？是呀，爱情，真是妙，这是你个人的不容干涉的梦想，但其中又必要有一个他者，他者的必要恰说明对话的必要，否则爱情倒又是为哪般？看过许纪霖先生的一篇文章，题目很长，但记得其中有“独白，还是对话”之句。于是想：在爱情中正如在人世间，便是独白，也仍是对话的结果与继续。

所以我知道，沟通是我至死的欲望，虽然它总在梦想之域跋涉。所以，我又知道：永存梦想的人间，比全是现实的世界，更能让我坦然对死——这就像你在告别故乡的时候，是仍然怀念她，还是已经不想再来。

1996 年 9 月 7 日

说死说活

史铁生≠我

要是史铁生死了，并不就是我死了——虽然我现在不得不以史铁生之名写下这句话，以及现在有人喊史铁生，我不得不答应。

史铁生死了——这消息日夜兼程，必有一天会到来，但那时我还在。要理解这件事，事先的一个思想练习是：传闻这一消息的人，哪一个不是“我”呢？有哪一个——无论其尘世的姓名如何——不是居于“我”的角度在传与闻呢？

生＝我

死是不能传闻任何消息的——这简直可以是死的鉴定。那么，死又是如何成为消息的呢？唯有生，可使死得以传闻，可使死成为消息。譬如死寂的石头，是热情的生命使其泰然或冥顽的品质得以流传。

故可将死作如是观：死是生之消息的一种。

然而生呢，则必是“我”之角度的确在，或确认。

无辜的史铁生

假设谁有一天站在了史铁生的坟前，或骨灰盒前，或因其死无（需）葬身之地而随便站在哪儿，悼念他，唾弃他，或不管以什么方式涉及他，因而劳累甚至厌倦，这事都不能怨别人，说句公道话也不能怨史铁生，这事怨“我”之不死，怨不死之“我”或需悼念以使情感延续，或需唾弃以利理性发展，总之，怨不死的“我”需要种种传闻来构筑“我”的不死，需要种种情绪来放牧活蹦乱跳的生之消息。

史铁生≈我使用过的一台电脑

一个曾经以其相貌、体型和动作特征来显明为史铁生的天地之造物，损坏了，不能运作了，无法修复了，报废了，如此而已。就像一只老羊断了气而羊群还在。就像一台有别于其他很多台的电脑被淘汰了，但曾流经它的消息还在，还在其曾经所联之网上流传。史铁生死了，世界之风流万种、困惑千重的消息仍在流传，经由每一个“我”之点，连接于亿万个“我”之间。

浪与水＝我与“我”

浪终归要落下去，水却还是水。水不消失，浪也就不会断灭。浪涌浪落，那是水的存在方式，是水的欲望（也叫运动），是水的表达、水的消息、水的连接与流传。哪一个浪是我呢？

哪一个浪又不是“我”呢?

从古至今,死去了多少个“我”呀,但“我”并不消失,甚至并不减损。那是因为,世界是靠“我”的延续而流传为消息的。也许是温馨的消息,也许是残忍的消息,但肯定是生动鲜活的消息,这消息只要流传,就必定是“我”的接力。

永远地生=不断地死

有生以来,你已经死掉了多少个细胞呀,你早已经不是原来的你了,你的血肉之躯已不知死了多少回,而你却还是你!你是在流变中成为你的,世界是在流变中成为世界的。正如一个个音符,以其死而使乐曲生。

赫拉克利特说“一个人不能两次踏入同一条河流”,但是,一条河流能够两次被同一个人踏入吗?同样的逻辑,还可以继续问:一个人可以一次踏入同一条河流吗?

永恒的消息

但是，总有人在踏入河流，总有河流在被人踏入。踏入河流的人，以及被踏入的河流，各有其怎样的尘世之名，不过标明永恒消息的各个片段、永恒乐曲的各个章节。而“我”踏入河流、爬上山巅、走在小路与大道、走过艰辛与欢乐、途经一个个幸运与背运的姓名……这却是历史之河所流淌着的永恒消息。正像血肉之更迭，传递成你生命的游戏。

你在哪儿？

你由亿万个细胞组成，但你不能说哪一个细胞就是你，因为任何一个细胞的死亡都不影响你仍然活着。可是，如果每一个细胞都不是你，你又在哪儿呢？

同样，你思绪万千，但你不能说哪一种思绪就是你，可如果每一种思绪都不是你，你又在哪儿呢？

同样，你经历纷繁，但你不能说哪一次经历就是你，可如果每一次经历都不是你，你到底在哪儿呢？

无限小与无限大

你在变动不居之中。或者干脆说，你就是变动不居：变动不居的细胞组成、变动不居的思绪结构、变动不居的经历之网。你一直变而不居，分分秒秒的你都不一样，你就像赫拉克利特的河，倏忽而不再。你的形转瞬即逝，你的肉身无限短暂。

可是，变动不居的思绪与经历，必定是牵系于变动不居的整个世界。正像一个音符的存在，必是由于乐曲中每一个音符的推动与召唤。因此，每一个音符中都有全部乐曲的律动，每一个浪的涌落都携带了水的亘古欲望，每一个人的灵魂都牵系着无限存在的消息。

群的故事

有生物学家说：整个地球，应视为一个整体的生命，就像一个人。人有五脏六腑，地球有江河林莽、原野山峦。人有七情六欲，地球有风花雪月、海啸山崩。人之欲壑难填，地球永动不息。那生物学家又说：譬如蚁群，也是一个整体的生命，每一只蚂蚁不过是它的一个细胞。那生物学家还说：人的大脑就像蚁群，是脑细胞的集群。

那就是说：一个人也是一个细胞群，一个人又是人类之集群中的一个细胞。那就是说：一个人死了，正像永远的乐曲走过了一个音符，正像永远的舞蹈走过了一个舞姿，正像永远的戏剧走过了一个情节，以及正像永远的爱情经历了一次亲吻，永远的跋涉告别了一处村庄。当一只蚂蚁（一个细胞，一个人）沮丧于生命的短暂与虚无之时，蚁群（细胞群，人类，乃至宇宙）正坚定地抱紧着一个心醉神痴的方向——这是唯一的和永远的故事。

我离开史铁生以后

我离开史铁生以后史铁生就成了一具尸体，但不管怎么说，白白烧掉未免可惜。浪费总归不好。我的意思是：

一、先可将其腰椎切开，到底看看那里面出过什么事——在我与之朝夕相处的几十年里，有迹象表明那儿发生了一点儿故障，有人猜是硬化了，有人猜是长了什么坏东西，具体怎么回事一直不甚明了。我答应过医生，一旦史铁生撒手人寰，就可以将其剖开看个痛快。那故障以往没少给我捣乱，但愿今后别再给“我”添麻烦。

二、然后再将其角膜取下，谁用得着就给谁用去，那两张膜还是拿得出手的。其他好像就没什么了。剩下的器官早都让我用得差不多了，不好意思再送给谁——肾早已残败不堪，血管里又淤积了不少废物，因为吸烟，肺料必是脏透了。大脑么，肯定也不是一颗聪明的大脑，不值得谁再用，况且这东西要是还能用，史铁生到底是死没死呢？

史铁生之墓

上述两种措施之后，史铁生仍不失为一份很好的肥料，可以让它去滋养林中的一棵树，或海里的一群鱼。

不必过分地整理他，一衣一裤一鞋一袜足矣，不非是纯棉的不可，物质原本都出于一次爆炸。其实，他曾是赤条条地来，也该让他赤条条地去，但我理解伊甸园之外的风俗，何况他生前知善知恶欲念纷纭，也不配受那园内的待遇。但千万不要给他整容化装，他生前本不漂亮，死后也不必弄得没人认识。就这些。然后就把他送给鱼或者树吧。送给鱼就怕路太远，那就说定送给树。倘不便囫囵着埋在树下，烧成灰埋也好。埋在越是贫瘠的土地上越好，我指望他说不定能引起一片森林，甚至一处煤矿。

但要是这些事都太麻烦，就随便埋在一棵树下拉倒，随便洒在一片荒地或农田里都行，也不必立什么标识。标识无非是要让我们记起他。那么反过来，要是我们会记起他，那就是他的标识。在我们记起他的那一处空间里甚至那样一种时间里，就是史铁生之墓。我们可以在这样的墓地上做任何事，当然最好是让人高兴的事。

顺便说一句：我对史铁生很不满意

我对史铁生的不满意是多方面的。身体方面就不苛责他了吧。品质方面，现在也不好意思就揭露他。但关于他的大脑，我不能不抱怨几句，那个笨而又笨的大脑曾经把我搞得苦不堪言。那个大脑充其量是个三流大脑，也许四流。以电脑作比吧，他的大脑顶多算得上是“286”——运转速度又慢（反应迟钝），贮存量又小（记忆力差），很多高明的软件（思想）他都装不进去（理解不了）——我有多少个好的构思因此没有写出来呀，光他写出的那几篇东西算个狗屁！

一件疑案

在我还是史铁生的时候我就说过：我真不想是史铁生了。也就是说，那时我真不想是我了，我想是别人，是更健康、更聪明、更漂亮、更高尚的角色，比如张三，抑或李四。但这想法中好像隐含着一些神秘的东西：那个不想再是我的我，是谁？那个想是张三抑或李四抑或别的什么人的我，是谁呢？如果我是如此地不满意我，这两个我是怎样意义上的不同呢？如果我仅仅是我，仅仅在我之中，我就无从不满意我。就像一首古诗中说的，“不识庐山真面目，只缘身在此山中”。如果我不满意我，就说明我不仅仅在我之中，我不仅仅是我，必有一个大于我的我存在着——那是谁？是什么？在哪儿？不过这件事，恐怕在我还与史铁生相依为命的时候，是很难有什么确凿的证据以正视听了。

但是有一种现象，似对探明上述疑案有一点儿启发——请到处去问问看，不肯定在哪儿，但肯定会有这样的消息：我就是张三。我就是李四。以及，我就是史铁生。甚至，我就是我。

1996 年 10 月 24 日

在家者说

宇宙无边，地球广阔，且时有风雨袭来，或烈日曝晒，故不得不寻一有限之地，立以四壁，覆以顶盖，日落避于其中，日出游乎其外，这就是家吗？也可能是旅馆。备好丰足的衣食，装上成套的电器，窗外四季更迭，室内全无寒暑，排布开精美的家具，点缀些字画、古董，或再有高朋满座，窗外月黑风高，室内其乐融融，这就是家了吗？仍可能是饭店。

把家打扮成饭店、旅馆，像从贫穷走向富裕的一个必经阶段，艳羡的眼睛已经睁开，审美的心尚无归处。陈村曾打电话给我说：你要装修吗？记住方便自己，勿只为偶尔一来的客人说好。又听人讲起一对富裕了的夫妻，满打满算两口人，却偏要买下二百多平米的豪居，初时客人不断，来道喜，来恭维，时间一久谁还老来呢？于是一到周末两口子就发慌，唯恐豪居闲置，便东一个电话西一个电话地求人来："来吧来吧，一切都预备好了！"岂不是饭店吗？且有一男一女两位侍者。

谁会在家门前挂一排霓虹灯呢？家有家的语言，比如一张老床，默默然说着一个家族的历史。比如所有的家具都不配套，形色不一，风格各异，便会让你回忆起历历如新的诸多往事。比如一个谈不上多么美妙的小器物，别人不理会，只你和你的家人知道它所负含的纪念，视其为不可亵玩的圣物。这类东西是模仿不来的，一模仿就又是饭店。家是模仿不来的，一模仿就又是"宾至如归"。家，一俟你走向它，便会听见它的召唤；一俟你走到它近前，便会闻辨出它的气息；你一推开家门，心里便会有一个声音："噢，家！""噢，久违了。"家说："喂，你还好吗？"你就甩掉鞋帽，甩掉衣裳，甩掉你在外面的世界里不得不钻入其中的那一套行头，露出原形（不单指身体）——这也是一种语言，是你对家的报答，是对它由衷的信任和感激。

即便这家只你一人，你也不能总在街上乱走。即便你用不着起火落灶，你总也得有一处安魂入梦的地方。家其实不限于空间，家更是一种时光，一种油然的心绪。此时与此心，可以清理你的秘密，不拘一格地思想，想入非非，正如你可以随意躺倒，肆意欢叫，不必再让微笑堆痛你的脸。你可以独享你的心情，独享你的智慧和想象，因而家又忽然地可以穿透四壁，山高水长，无边无际地铺展。

单有精美的家具堆在身边，你担不担心这儿可能是家具店？单有价值连城的古董摆在四周，你怀不怀疑这儿可能是博物馆？就比如一群妖艳女子整天伴你左右，你怕不怕这儿可能是红灯区？家，正是要消除你的这类恐惧。家徒四壁也依然是容纳你的躯体又放纵你的心情的地方，是陪伴你的欢乐又收容你的痛苦的地方。设若只你一人有些孤独，你不妨扭亮台灯，翻开书，踏踏实实地听一回先哲的教诲，那一刻便全是回家的感觉。也不妨铺开纸，随心所欲，给一位心仪已久的人写封信，于是乎那一条邮路上便都是家的消息。这其实就是写作了。写作就是写给心仪已久的人呀，尽管你不知道他们是谁，位于空间的何处。

竞争是件好事，否则人间不免寂寞。但为什么一定要比着豪华呢？不可以比着简朴吗？享受更是无可非议，但是，人终于能够享受的只有心情和智慧，借助倾诉与倾听。所以，就祝愿所有的家都至少有两个人，相亲相爱的两个人。一个电话又一个电话地为那闲置的豪居呼救，冤哪！

2001 年 12 月 27 日

花钱的事

据说，我家祖上若干代都是地主，典型的乡下土财主，其愚昧、吝啬全都跟我写过的我的那位太姥爷差不多："一辈子守望着他的地，盼望年年都能收获很多粮食；很多粮食卖出很多钱，很多钱再买下很多地，很多地里再长出很多粮食……如此循环再循环，到底为了什么他不问。而他自己呢，最风光的时候，也不过是一个坐在自己的土地中央的邋里邋遢的瘦老头儿。"

据说，一代代瘦或不瘦的老头儿们，都还严格继承着另一项传统：不单要把粮食变成土地，还要变成金子和银子埋进地里，意图是留给子孙后代，为此宁可自己省吃俭用。那时候我父亲还小，他说他依稀还能记起一点那警惕的场面：晃动的油灯把几条挥汗掘土的人影映在窗上，忽觉外面有所动静，便一齐僵住，黑了灯问："谁？"见是几个玩耍的孩子，才都透一口气，而后把孩子们一一骂回到各自的屋里去。

但随时代变迁，那些漂亮的贵金属终也不知都让谁给挖了去，反正我是没见过。我的父辈们，也只因此得到了一个坏出身。

我怀疑我身上还是遗传着土财主的心理，挣点儿钱愿意存起来，当然不是埋进土里，是存进银行，并很为那一点点利息所鼓舞。果然有人就挖苦我是"老鼠的儿子会打洞"，进而问道："要是以后非但没有利息，还得交管理费，你还存不？"我说不存咋办，搁哪儿？于是又惹得明智之士唏嘘嘲笑："看你不傻嘛，不知道钱是干吗的？""干吗的？""花的！不懂吗？钱是为人服务的。普天之下从古至今，最愚蠢的东西莫过于守财奴。"接着，还搬出大哲学家西梅尔的思想来开导我：货币就好比筑路、搭桥，本不是目的，把钱当成目的就好比是把家安在了桥上。

倒是我把钱当成了目的？等着瞧吧，还不一定是谁把家安在了桥上呢。

明智之士的话听起来也都不错，但细想，就有问题。第一：钱，只是花着，才是为人服务吗？第二：任何情况下，都一定是人花着钱，就不可能是钱花着人？比如说你挣了好些钱又花了好些钱，一辈子就过去了，那是你花了一辈子钱呢，还是钱花了你一辈子？第三：设若银行里有些储备，从而后顾无忧，可以信马由缰地干些想干而不必盈利的事，钱是否也在为人服务呢？我的意思是：钱是为了能花的，并不都是为了花掉的。就好比桥是为了能过河的，总不至于有了桥你就来来回回地总去过河吧？

在我看，钱的最大用处是买心安。必须花时不必吝惜，无需它们骚扰时，就让它们都到隔壁的银行里去闹吧。你心安理得地干些你想干的事、做些你想做的梦，偶尔想起它们，知其“招之即来，来之能用”，便又多了一份气定神闲。这不是钱的最大好处吗？不是对它们最恰当的享用？就算它们孤身在外难免受些委屈——比如说贬一贬值，我看也值得；你咋就舍得让孩子到幼儿园里去哭呢？

贬值，只要不太过分就好，比如存一万，最后剩五千。剩多剩少，就看够不够吃上非吃不可的饭，和非吃不可的药，够，就让它贬去吧。到死，剩一万和剩五千并无本质不同。好比一桶水，桶上有个洞，漏，问题是漏多少？只要漏到人死，桶里还有水，就不怕。要是为了补足流失，就花一生精力去蓄水，情况跟渴死差不太多。

我肯定是有点儿老了。不过陈村兄教导我们说："年轻算个什么鸟儿，谁没有年轻过呢？"听说最时髦的消费观是：不仅要花着现有的钱，还要花着将挣的钱，以及花着将来未必就能挣到的钱；还说这叫超前消费，算一种大智大勇。依我老朽之见，除非你不怕做成无赖——到死也还不完贷，谁还能把我咋样？否则可真是辛苦。守财者奴，还贷的就一定不是？我见过后一种奴——人称"按揭综合征"，为住一所大宅，月以继月地省吃俭用不说，连自由和快乐都抵押进去；

日出而作，日落而不敢息，夜深人静屈指一算，此心情结束之日便是此生命耗尽之时。这算不算是住在了桥上？抑或竟是桥下，桥墩也似的扛起着桥面？

但明智之士还是说我傻："扛着咋啦？人家倒是住了一辈子好房子！你呢，倘若到死还有钱躺在银行里，哥们儿你冤不冤？"

这倒像是致命一击。

不过此题还有一解：倘若到死都还有钱躺在银行里，岂不是说我一生都很富足、从没为钱着过急吗？尤其，当钱在银行里饱受沉浮之苦时，我却享受着不以物喜、不为钱忧的轻松，想想都觉快慰，何奴之是？

我还是信着庄子的一句话："乘物以游心。"器物之妙，终归是要落实于心的。什么是奴？一切违心之劳，皆属奴为。不过当然，活于斯世而彻底不付出奴般辛苦的，先是不可能，后是不应该——凭啥别人造物，单供你去游心呢？但是，若把做奴之得，继续打造成一副枷锁，一辈子可真就要以桥为居了。听说有一类股民，不管赚到多少，总还是连本带利都送回到股市去“再生产”，名分上那些钱都是你的，但只在本利蚀尽的一天才真正没有了别人的事。

还有一事我曾经不懂：凭什么一套西装可以卖到几万块？我盯紧那玻璃钢模特之暗蓝色的面孔，心里问：“凭什么呀你？”一旁的售货小姐看不过了，细语莺声地点拨道：“牌子呀，先生！”“牌子？就这么一小块儿织物？”小姐笑笑，语气中添了几分豪迈：“您可知道，这种牌子的西装，全世界才有几套吗？”

默然走出商场时我才有点儿明白了：那西装不单是一身衣裳，更是一面奖状！过去，比如说一位房管局长要是工作得好，会有上级给他发一面奖状。可现在，谁来表彰一位房产商呢？他要是也工作得好，靠啥来体现荣耀呢？于是乎应运而生，便有了这几万块钱一套的西装，或几万块钱的一小块儿著名标牌。应该说这是合理的，既是奖状自然价值无限，何况还贡献着高税。但若寻常之人也买一身那样的衣裳穿（当然你有权这么干），便形同盖一面伪奖状在桥头上做噩梦。

然而又有人说我了：要都像你这样，社会还怎么发展？

我阻碍社会发展了吗？我丰衣足食，我住行方便，我还有一辆无需别人帮助即可走到万寿山上去的电动轮椅……

是嘛！要是谁都不肯花大价钱买这轮椅，这么好的轮椅就发展不出来。

你是说，大家都该去买一辆这样的轮椅？

我是说大家要都把钱存着，就什么也不能发展。比如说都不买大宅世上就没有大宅，都不买豪车世上就没有豪车，都不买那样的西装，人类可能就还披着兽皮呢！

这话似也不无道理。比如说拉斯维加斯吧，真也令人赞叹，赞叹它极致的豪华，赞叹人之独具的想象力——把“大海”搬进沙漠，把“天空”搬进室内，把“古罗马街道”搬到今天……说真的，世上若完全没有这类尝试，好像也闷。我经历过那种崇拜统一、轻蔑个性的时代：人人都穿一样的蓝制服，戴一样的绿军帽，骑一样的自行车和住一样的两居室……可再怎么一样也一样不过动物们一式的皮毛和洞穴，不是吗？

我去过一趟那赌城。十年前，好友立哲自掏腰包，请了包括我在内的几个老同学去美国玩。（之所以选在那一年，我知道主要是为了我，立哲在电话里说：“你要再不来可就来不了啦！”果然，转年我就进了透析室。）在拉斯维加斯的赌场里，立哲先花十美金让我们试了几把轮盘赌，不料最后一码竟赢得四十倍，于是大家稀里哗啦地又玩了一阵子老虎机。我们都有理智，本利全光之后便告别了赌场，单靠眼睛去占那赌城的便宜。

于是就又明白了一件事：拉斯维加斯是个大玩具，开启想象力的玩具。跟孩子的玩具一个道理，没有的话，孩子容易傻；太多了呢，孩子也容易傻，还容易疯。高明的家长在于把握尺度。若是把买粮的钱，上学、治病和养老的钱都买成玩具，即可明确指出：这家里缺个称职的家长。

接下来必有一个问题等在这里：什么是发展？你原本是想发展到哪儿去？或者：人，终于怎样，才算是发展了和持续地发展着？

最简单的提问是：是财富增长得越快越持久，算发展呢？还是道德提高得越快越持久，算发展？

最有力的反问是：为什么不可以是财富与道德，同时提高并持久呢？

可明显的事实却是：财富指数的不断飙升，伴随的恰恰是道德水平的不断跌降。

是吗？

不是吗？

这可不是一两句话能说清楚的……不过，这跟你的存钱有啥关系？

有哇有哇，比如说《浮士德》，浮士德博士跟魔鬼打的那个赌……

靡非斯特毕竟高人一筹，我一直认为浮博士是输定了的。

万物生于动，停下来岂非找死？在人类社会，这体现于种种竞争。霍金曾举一例：现而今，若把每天出版的新书一本一本挨着往前排，就是一辆八十迈飞奔的汽车也追不上。（霍大师客气了，倘若换成服装、化妆品之类一件件往前排，怕是飞机也追不上吧。）然后他问：人类是可能持续这样的加速飞奔呢，还是可能自觉放慢速度？霍大师有这样的猜测：照理说这宇宙中早该有比我们更聪明的生命，以及比我们更发达的科学，他们所以至今未能跟我们联系上，很可能是因为，在其科学发展到足以跟我们联系上之前，其道德的败坏已先行令其毁灭了。哎呀哎呀，看来浮士德——这浮世之德呀——怎么都是个输了，而且输掉的恰恰是叫作“灵魂”的那种东西！

赞叹着歌大师之远见的同时，我不免心存沮丧。

不过张辉教授在他的一本书中，为浮博士也为我们，提供了一个战胜靡非斯特的办法：“向歌德学习：在一个绝大多数人信仰不断‘向前走’的时代，如何同时关切永远‘向上走’的问题。”——即“人如何向上再次拥有信仰的问题”。

真可谓是绝处逢生！可不是吗，动，凭啥要限定在二维方向？竞争，何苦一门儿心思单奔着物利？细思细想，这很可能就是歌大师的本意——人，压根儿就是上帝跟魔鬼打的一个赌。这一赌，是上帝赢呢，还是靡非斯特赢？歌大师有怀疑。霍大师也有怀疑。

有迹象表明，大师们的忧虑怕要成真。比如说，为什么在提倡“可持续发展”的今天，人类仍在为提高 GDP 和“促进消费”而倾注着几乎全部热情？有哪一国 GDP 和消费指数的增长，不是以加速榨取自然为代价的呢？不错，我们都曾受惠于这类增长，但我们是否也在受害于，并且越来越受害于这类增长呢？今人之时速千里的移位，当真就比古人的“朝闻道，夕死可也”更必要？今人之全球联通，就比古人的“心远地自偏”更惬意？今人之以孱弱之躯驾一辆四轮铁壳飞奔，就比古人的“竹杖芒鞋轻胜马……一蓑烟雨任平生”更自由？我忽然觉得，即便我祖上那些瘦与不瘦的老头，也比胖与特胖的今人明智，至少他们记挂着未来。

不过也有迹象表明，正因为大师们的提前忧虑，上帝仍然有赢得那一场赌局的希望。比如比尔·盖茨这位当今世界的首富，他不仅已为慈善事业捐出了二百多亿美元，还在其遗嘱中宣布，将把全部财产的百分之九十八做同样的捐赠。又比如钢铁巨头安德鲁·卡内基，他曾经说过这样的话（大意）：贫富之差本是社会发展的副产品，富人若把其财富全部留给自己，那是一种耻辱。

看看他们是怎么花钱的吧。看看他们是怎么挣钱，又是怎么花钱的吧。看看他们是怎么把挣钱和花钱，一同转变成“向上去拥有信仰”之行动的吧。他们的钱不仅买到了自己的心安，还要去为大家买幸福。我一直以为有个不解的矛盾：不竞争则大家穷，竞争则必然贫富悬殊以至孕育仇恨。比先生和卡先生又让我看清了一件事：如果把占有财富的竞争转变为向善向爱的竞争，浮博士和我们大家就可以既不停步，又不必疯牛似的在一条老路上转个你死我活了。当然不是所有人都能像老比和老卡那样挣钱，但所有人都可以像他们那样花钱呀。这样我就又多了一份心安理得：设若我死后还有些钱躺在银行里，料它们在成全了我的一生心安之后，也不会作废。

2007年10月23日

放下与执着

几位老友，不常见面，见了面总劝我“放下”。放下什么呢？没说，断续劝我：“把一切都放下，人就不会生病。”我发现我有点儿狡猾了，明知那是句佛家经常的教诲（比如“放下屠刀，立地成佛”；“屠刀”也不专指索命的器具，是说一切迷执），却佯装不知。佯装不知，是因为我心里着实有些不快；可见嗔心确凿，是要放下的。何致不快呢？从那劝导中我听出了一个逆推理：你所以多病，就因为你没放下。逆推理中又含了一条暗示：我为什么身体好呢？全都放下了。

既知嗔心确在，就别较劲儿。坐下，喝茶，说点儿别的。可谁料，一晚上，主张放下的几位却始终没放下几十年前的“文革”旧怨，那时谁把谁怎样了吧，谁和谁是一派的吧，谁表面如何其实不然呀，等等。就不说这“谁”字具体是指谁了吧，总归不是“他”或“他们”，就是“我”和“我们”。

所以，放下什么才是真问题。比如说：放下烦恼，也放下责任吗？放下怨恨，也放下爱愿吗？放下差别心，难道连美丑、善恶都不要分？放下一切，既不可能，也不应该。总不会指着什么都潇洒地说一声“放下”，就算有了佛性吧？当然，万事都不往心里去可以是你的选择，你的自由，但人间的事绝不可以是这样，也从来没有这样过。举几个例子吧：是执着于教育的人教会了你读书，包括读经。是执着于种田的人保障着众人的温饱，你才有余力说“放下”。唯因有了执着于交通事业的人，老友们才得聚来一处喝茶。若无各门各类的执着者，咱这会儿还在钻木取火呢，还是连钻木取火也已经放下？

错的不是执着，是执迷，有些谈佛论道的书中将这两个词混用，窃以为十分不妥。“执迷”的意思，差不多是指异化、僵化、故步自封、知错不改。何致如此呢？无非“名利”二字。但谋生，从而谋利，只要合法，就不是迷途。名却厉害；温饱甚至富足之后，价值感，常把人弄得颠三倒四。谋利谋到不知所归，其实也是在谋名了——优越感，或价值感。价值感错了吗？人要活得有价值，不对吗？问题是，在这个一切都可以卖的时代，价值的解释权通常是属于价格的，价值感自也是亦步亦趋。

价值和价格的差距本属正当。但这差距却无从固定，可以很大，也可以很小，当然这并非坏事，这正是经济学所赞美的那只市场的无形之手。可这只手，一旦显形为铺天盖地的广告，一旦与认钱不认货的媒体相得益彰，事情就不一样了。怎么不一样？只要广告深入人心，东西好坏倒不要紧了——好也未必就卖得好，不好也未必就卖不好。媒体和广告沆瀣一气，大约是经济学未及引入的一个——几乎没有底线的——参数。是呀，倘那无形或有形的手也成了商品，又靠谁来调节它呢？价格既已不认价值这门亲，价值感孤苦无靠去拜倒在价格门下，也就不是什么难解的题。而这逻辑，一旦以“更快、更高、更强”的气势，超越经济，走进社会各个领域，耳边常闻的关键词就只有利润、码洋、票房和收视率了。另有四个词在悄声附和：房子、车子、股市、化疗。此即执迷。

而“执着”与“执迷”不分，本身就是迷途。这世界上有爱财的，有恋权的，有图名的，有什么都不为单是争强好胜的。人们常管这叫欲壑难填，叫执迷不悟，都是贬义。但爱财的也有比尔·盖茨，他既能聚财也能理财，更懂得财为何用，不好吗？恋权的嘛，也有毛遂自荐的敢于担当，也有种种“举贤不避亲”的言与行，不对吗？图名的呢？雷锋，雷锋及一切好人！他们不图名？愿意谁说他们没干好事，不是好人？不过是不图虚名、假名。争强好胜也未必就不对，阿姆斯特朗怎么样，那个身患癌症还六次夺得环法自行车赛冠军的人？对这些人，大家怎么说？会说他执迷？会请他放下吗？当然不，相反人们会赞美他们的执着——坚持不懈、百折不挠、矢志不渝，都是褒奖。

主张“一切都放下”，或“执着”与“执迷”分不清，是否正应了佛家的另一个关键词——“无明”呢？

“无明”就是糊涂。但糊涂分两种。一种叫顽固不化，朽木难雕，不可教也，“无明”应该是指这一种。另一种，比如少小无知，或“山重水复疑无路”，这不能算“无明”，这是“柳暗花明又一村”的前奏，是成长壮大的起点。而郑板桥的“难得糊涂”已然是大智慧了。

后一种糊涂，是错误吗？执着地想弄明白某些尚且糊涂着的事物，不应该吗？比如一件尚未理清的案件，一处尚未探明的矿藏，一项尚未完善的技术、对策或理论。这正是坚持不懈者施才展志的时候呀，怎倒要知难而退者来劝导他呢？严格说，我们的每一步其实都在不完善中，都在不甚明了中，甚至是巨大的迷茫之中，因而每时每刻都可能走对了，也都可能走错了。问题是人没有预知一切的能力，那么，是应该就此放下呢，还是要坚持下去？设想，对此，佛祖会取何态度？干脆“把一切都放下”吗？那就要问了：他干吗要站出来讲经传道？他看得那么深、那么透，干吗不统统放下？他曾经糊涂，曾经烦恼，但他放得下王子之位却放不下生命的意义，所以才有那锲而不舍的苦行，才有那菩提树下的冥思苦想。难道他就是为了让后人把一切都放下，没病没灾然后啥都无所谓？该想的佛都想了各位就甭想了，该受的佛都受了各位就甭再受了，该干的佛也都干了各位啥心也甭操了——有这事儿？恐怕，盼望这事儿的，倒是执迷不悟。

可是，哪能谁都有佛祖一样的智慧呢？我等凡人，弄不好一错再错，苦累终生，倒不如尘缘尽弃，早得自在吧。可是，怕错，就不是执着？怕苦，就不是执着？一身享用着别人执着的成果，却一心只图自在，不是执着？不是执着，是执迷！佛祖要是这般明哲保身，犯得上去那菩提树下饱经折磨吗？偷懒的人说一句“放下”多么轻松，又似多么明达，甚至还有一份额外的“光荣”——价值感，却不去想那菩提树下的所思所想，却不去辨别什么要放下、什么是不可以放下的，结果是弄一个价值虚无来骗自己，蒙大家。

老实说，我——此一姓史名铁生的有限之在，确是个贪心充沛的家伙，天底下的美名、美物、美事没有他没想（要）过的，虽然我并不认为这是他多病的原因。不过，此一史铁生确曾因病得福。二十一岁那年，命运让这家伙不得不把那些充沛的东西——绝不敢说都放下了，只敢说——暂时都放一放。特别要强调的是，这“暂时都放一放”，绝非觉悟使然，实在是不得已而为之。先哲有言：“愿意的，命运领着你走；不愿意的，命运拖着你走。”我就是那“不愿意”而被“拖着走”的。被拖着走了二十几年，一日忽有所悟：那二十一岁的遭遇以及其后的二十几年的被拖，未必不是神恩——此一铁生并未经受多少选择之苦，便被放在了“不得不放一放”的地位，真是何等幸运的事情！虽则此一铁生生性愚顽，放一放又拿起来，拿起来又不得不再放一放，至今也不能了断尘根，也还是得了一些恩宠的。我把这感想说给某位朋友，那朋友忒善良，只说我是谦虚。我谦虚？更有位智慧的朋友说我：他谦虚？他骨子里了不得！这“了不得”，估计也是“贪心充沛”的意思。前一位是爱我者，后一位是知我者。不过，从那时起，我有点儿被“领着走”的意思了。

如今已是年近花甲。也读了些书，也想了些事，由衷感到，尼采那一句“爱命运”真是对人生态度之最英明的指引。当然不是说仅仅爱好的命运，而是说对一切命运都要持爱的态度。爱，再一次表明与“喜欢”不同，谁能喜欢坏运气呢？但是你要爱它。就好比抓了一手坏牌，你骂它？恨它？要着赖要重新发牌？当然你不喜欢它，但你要镇静，对它说“是”，而后看你如何能把这一手坏牌打得精彩。

大凡能人，都嫌弃宿命，反对宿命。可有谁是能力无限的人吗？那你就得承认局限。承认局限，大家都不反对，但那就是承认宿命啊。承认它，并不等于放弃你的自由意志。浪漫点儿说就是：对舞蹈说是，然后自由地跳。这逻辑可以引申到一切领域。

所以，既得有所“放下”，又得有所“执着”——放下占有的欲望，执着于行走的努力。放不下前者的，必至贪、嗔、痴。连后者也放下的，难免还是贪、嗔、痴。看一切都是无意义的人，怎么可能会爱命运？不爱命运，必是心中多怨。怨，涉及人即是嗔——他人不合我意；涉及物即是痴——世界不可我心，仔细想来都是一条贪根使然。

2007 年 11 月 27 日

从“身外之物”说起

常言道“常言道”,其实“常言道”并不都高明。比如“身外之物”,多指名利,或对名利之争的轻蔑,此外还有什么吗?问题是何为“身内之物”? “身内”未定,“身外”难免疏漏。这让我想起一位国人对幸福的总结:“高知不如高官,高官不如高薪,高薪不如高寿,高寿不如舒服。”真可谓步步进取,直指“身内”。便又让我想到国人多忌谈死,你一说死,立刻引来劝慰:“哎呀哎呀,您千万可别这么想。”怎么想呢?死,难道可以因为不说它,它就终于不来?渐渐有点明白了:“身外”既已摒弃,“身内”若再有失,后果自不堪言。好了,“身内”已辨,“身外”也就有些轮廓了。但“身内之物”迟早是要玩儿完的,靠些迟早要玩儿完的东西来鼓舞自己和祝福别人,总归不妥。故“身外之物”切不可一律轻视。习惯中，“心”与“身”、“灵”与“肉”常相对立，故可推想，“身内之物”即一副肉身的圈定，而“身外之物”自然就还包括心灵，或者说精神。试想，以此类“身外之物”去祝福别人，不好吗？相当于说您灵魂不死，精神永在——就像媒体上常常颂扬的那些伟人。

又比如有人曾跟我说，那常见的祝福之词——“身体健康，精神快乐”，不如颠倒过来，这样说：“祝您精神健康，身体快乐。”是呀，精神的境界，怎么能仅仅是快乐呢？记得有人就曾赞美过“平静的坏心情”。止于快乐的精神，难说是狭隘，就算是幸运吧，也得有迟钝来配合。精神又迟钝，身体又健康，这哪里是祝福？分明是嘲讽了。而精神又健康，身体又快乐，才是最佳配置。身体无论强弱，快乐都是目标。而健康的精神，则不仅可以享受快乐，更能够应对苦难。徐悲鸿有一副座右铭式的对联：“独执偏见，一意孤行”，可见其精神是何等健康，而这绝不会是说，因此身体可得其何等的舒适与保养。

还有两个常用的词，也该就其不同的底蕴较个真儿——

“爱”和“喜欢”。比如恋爱，“爱上了”和“喜欢上了”，现在就弄得很没有区分。然而不幸的婚姻常是两类：1.爱，但不够喜欢，或后来发现根本就不喜欢；2.喜欢，但很少爱情，或后来发现根本就不是爱情。怎么讲？喜欢，多是对其容貌、体魄、健康、能力等等——即“身内之物”——而言。爱情呢，则不拘“身内”，更是强调于“身外”的汇合了，那当然就只有凭据心灵或者精神。不好说缺了哪一项更易忍受，唯当祝愿所有恋人们都能“鱼与熊掌得兼”。但在某种时候，“爱”与“喜欢”的不同就会鲜明。什么时候？当你喜欢上了另一位！不可能吗？若不可能，爱人就无需选择，你或者打一辈子光棍，或者就有美满的婚姻按时向你扑来。喜欢，肯定是多向的；正如性，若非多向，进化一事即告拉倒。但，爱情就不是多向的？若不是，博爱也得拉倒。这问题我在《丁一》中掂量过，简要的认识是：爱情的本质，乃心灵战争中的一方平安之地，乃重重围困下的一处自由之乡，乃人心隔肚皮时的一份两心互信之约。只能是两心吗？不不，博爱从来都是理想。但正如施米特所说：三人成政。只要有三个人，就难免敌我之虑，就有了政治。因此又可以说：爱情，甚至是从政治中独立出来的信仰。它既希望不受政治的伤害——比如罗密欧与朱丽叶，比如白娘子和许仙；又希望得到政治的支援——比如自由恋爱曾经冲破包办婚姻，比如同性恋者正在争取着合法权利，比如“愿天下有情人终成眷属”。但后者常会处在愿而不达的境地，而前者的醒目标题是现实。因而婚姻是现实，更像政治，当事人必须遵守一种广泛承认的规则；爱情却是信仰，个人自由，别人最好不插嘴。

但就像早年一部电影《流浪者》中说的，“法律不承认良心，良心也不承认法律”，婚姻和爱情也常常互不承认——比如你不承认第三者的爱情，第三者也挑战你的婚姻。不管具体何因吧，挑头作乱的都是欲望。欲望都要谴责吗？其实它是动力，原动力。不信消灭掉欲望你试试，一切都要拉倒。爱欲的最初表现是喜欢。喜欢，常常已经有了性因素。接下来呢，传统的话，法律只承认婚姻；先锋的话，爱情不承认法律。无论你是传统还是先锋吧（现在好像没人管了），麻烦都在于另一种情况：你已经有了婚姻，甚至这婚姻中也有爱情，传说中的第三者却来显形成真。当然了，要是他/她跟你“性”一下之后明确表示瞧不上你，谢天谢地事情就好办多了，然而他/她“喜欢”你，甚至还“爱情”着你，这就麻烦。只拣三种情况来研究：1. 老婆或丈夫并未发现你的出轨，而你却发现“喜欢”远远抵消不了说谎的痛苦，便了结掉这一不轨情缘，自行回归。2. 你不仅了结了这一不轨情缘，还向老婆或丈夫做了坦白和忏悔，但不被原谅。3. 坦白之后，老婆或丈夫原谅了你，可第三者却纠缠不休。

先说1：出轨毕竟是错误，但若爱情依旧，错误可以原谅，谎言则不可。谎言是爱情的头号敌人（或“喜欢”的潜在盟友），因为爱情的根本，就是要在心灵争战的大环境中建设一处自由、互信的乐土。如果，你曾出轨，却因为不能忍受谎言之苦而自行回归，则表明这是一次真正的爱情事件，是一个爱情重于喜欢的突出例证；因而你绝不是传说中那种不懂爱情的人。相反2：这样的老婆或丈夫不懂爱情，更不懂你的坦白之于爱情的价值，他们只懂婚姻。那么3：这样的老婆或丈夫才是伟大的老婆或丈夫，才是真正的爱人；而那位第三者却是只懂得喜欢，或还懂得那句错位的祝福——“身体健康，精神快乐”，但无论怎样都只针对自己。只针对自己的事，一般与爱情无关。

我是在为出轨者开脱吗？有可能。以己度人，我以为人人都会因“喜欢”而在心里有所出轨，没有相应的行动就好，但也可能是没有相应的机会。但若认为出轨即是爱情的失败，就把爱情看得太简单了。

出轨，其实只是对婚姻而言。至于爱情，却谈不上轨不轨——婚外之爱也仍在爱的轨中，婚内无爱也仍在爱的轨外；而婚外的喜欢，并且有所行动，也只是出了婚姻之轨。

所以，出轨应属一次法律性错误，而回归与否，却是一次面神的抉择。因为，婚姻是人约——由司法部门出具证明，而爱情，却属神约。“你愿意他／她做你的丈夫／妻子吗？”——此乃神问，超越法律，要你用灵魂来回答。这样想，倒是不能以回归与否来判定你是否违背神约了——回归，是爱情战胜了喜欢；不回归呢，却也可能是爱情冲破了婚姻。关键在于：人约可变，神约莫违——如果你把爱情看作信仰，而不仅仅是法律的话。因而，如果婚姻中没有爱情，离婚也就正当。但若婚姻中没有的爱情，第三者那儿却有，该怎样评价“出轨”呢？当然，出轨仍需承担法律责任，但它却并不违背信仰，所以再婚亦属妥善之策。可是，如果第二者死活不跟你离，第三者又誓言死等，可咋办呢？唯一的希望是大家都能懂得：婚姻即法律，不可以不尊重，但爱情即信仰，毕竟是根本。也就是说，你先得守法，否则淫乱滋生，连神圣的爱情也将被混淆得面目全非；然后，何去何从，终归还是得面神而问——以你的诚实之心，看你的爱情何在。

于是有了一个总结：法律先于信仰，信仰高于法律。这差不多是和谐社会的特征。

这就又让我想起不久前广为争论的一件事：人权高于主权，还是主权高于人权？争论得热烈而且糊涂。说人权高于主权吧，先就会给些不轨之谋以借口。其次，难道不是主权为着人权，倒会是相反吗？如果相反，则想必慈禧太后也会喜欢——无论她是在保卫主权，还是在出卖主权。

大凡局面两难，就当另辟思路。既有了前述那一总结，想来就应该是：主权先于人权，人权高于主权。凭什么呢？很明显，主权在法律的范畴，人权则属于信仰。

法律是怎么来的？为使不同信仰的人群都能享有同等权利，大家协商，互有妥协，制定出一套共同遵守的行为准则，便有了法律。所以，一旦人们有了矛盾，就该先去问问法律，看自己是否履行着当初的承诺。可是，法律乃人智的产物，不可能面面俱到，如果发生了法律也不知所措的事情，又该去问谁呢？当然了，要完善和不断地完善法律！可完善它的根据是什么呢？曾经制定它的根据是什么，现在完善它的根据就应该还是什么。曾经你问的是谁，现在就还问谁去。这样，料必你就会问到“天赋人权”那儿。天赋的，即人所固有的、没人愿意失去的。比如说，谁不想活吗？谁不想幸福吗？谁愿意让别人掐着自己的脖子活吗？天赋的，就是最高的；不可违背也无法再问的，即是神说。难道有谁会问“您为什么想活、想幸福、想不让自己的脖子给人掐”吗？所以说人权高于主权，正如信仰是法律的根据。主权原本是为了维护人权的，否则它的责任又是什么？如果主权就是主权，并不对另外的事情负责，那么，要留要卖就都是它自己的事了。反对出卖主权，说到底，是不能容忍它损害了大家的人权。如果损害了，就应当改善它。改善的根据，前面说过了，去问那个不可再行追问的最高者。至于改善是否合时宜，够策略，则另当别论。

2008年1月5日

乐观的根据

有位西方艺术家说：生活分为两种，一种叫作悲惨的生活，另一种叫作非常悲惨的生活。怎么办呢？他说：艺术可使我们避开后一种。东方思想更是有这样的意思：生即是苦，苦即是生。总之人只要活着，困苦就是逃不脱的。东方、西方本处同一星球，于此不谋而合当在情理之中。

那么死呢？死，能否逃脱这苦难的处境？比如说，给它来个“白茫茫大地真干净”行不？说说行，想想更行，但你信不信，其实不行？除非你能从“生”逃进“死”，从“有”进入“无”。

什么，这简单？那你就先说说怎么从“有”进入“无”吧。“无”在哪儿？“无”即没有，你可怎么进入一个没有的地方呢？好吧，就算你真的进入了，可随之那儿就不再是“无”了，而必呈现为另一种状态的“有”。所以，出生入死也就无望——“死”要么是另一种形式的“生”,要么就得是“无”,而“无”我们已经说过了是没有的。

这便是人的处境,在苦逃!问题在于:面对一条难逃之路,是歌而舞之、思而问之地走好呢,还是浑浑噩噩、骂骂咧咧地走好?

无论怎么走吧,似乎都还有着无奈的成分。是呀,即便大哲尼采的“酒神精神”,其中也可见此无奈。不过,为啥无奈你可想过?想想吧。一定还是有个企盼不肯放弃:终点。一定还是有种疑虑不能消除:走到哪儿算个头儿呢?这可真是此在生命的逻辑给我们留下的顽固遗产。其实呢,有谁看见过“头儿”吗?终点,若非无,就不能算是终点;若是无,那就还是没有的呀,兄弟!放弃你那顽固的遗产吧,或把它再扩展一步:永远的道路,难道不比走到了头儿好得多?

所以生命也分为两种:一种叫作有限的身在,一种叫作无限的行魂。聪明人已经看见了乐观的根据。

2008年4月17日

编后记

为史铁生编的四本散文小集，名为《去来集》《无病集》《断想集》《有问集》。这四个书名，都来自史铁生，不是我的创造。言顺则名正。细想起来，“去来”“无病”“断想”“有问”，似正是他一生（或许是二十一岁以后的一生）的愿与行的概括与表达。

2010 年编了一本《我与地坛》。那年的最后一天，新出版的样书和史铁生离去的消息一同到来。作者远行，读者却多了千千万万。作品的力量由此更加勃发，就如同作者的生命无限延续。失与得以这样一种形式相伴，令做书的人悲欣交集。

读史铁生，绝少意识到是在读一个坐轮椅的人。常常想到的是，如果四十年前那场灾难没有降临，他还会成为作家吗？有一句很温暖的话说，上帝关了一扇门，就会打开一扇窗。我想，上帝也许并不关门，可也未必开窗。

诚实、善思，“乃人之首要”，史铁生的根本其实就是这两条。四个字，像四扇通透豁亮的窗户，放阳光进来，让空气流通。打开这样的窗，对谁都不是易事。顺便说，十年前史铁生有以此为题的文章，现在读来，仿佛新作。此文在《有问集》中。

史铁生开始写作的时候，我正在大学读书。他的新作发表之前，常常由我的同学拿到班里来讨论——我的同学也是他的同学，他们一同去陕北插队落户，史铁生二十一岁那年，又是他们把他抬出病房，和他一起摸索不能走路的人生。后来史铁生成为作家，而我，成了他的一个责任编辑——缘分和幸运，往往是有出处的。

杨　柳

2019年3月